我不过无比正确の生活

Sing like nobody's listening

艾小羊——著

written by Aixiaoyang

人民文学出版社

图书在版编目（CIP）数据

我不过无比正确的生活/艾小羊著．—北京：人民文学出版社，2015
ISBN 978-7-02-011286-9

Ⅰ．①我… Ⅱ.①艾… Ⅲ．①散文集—中国—当代 Ⅳ．①I267

中国版本图书馆CIP数据核字（2015）第286731号

责任编辑　徐子茼
责任印制　苏文强

出版发行　人民文学出版社
社　　址　北京市朝内大街166号
邮政编码　100705
网　　址　http://www.rw-cn.com

印　　刷　三河市鑫金马印装有限公司
经　　销　全国新华书店等

字　　数　147千字
开　　本　880毫米×1230毫米　1/32
印　　张　9　插页1
版　　次　2016年3月北京第1版
印　　次　2016年3月第1次印刷

书　　号　978-7-02-011286-9
定　　价　36.00元

如有印装质量问题，请与本社图书销售中心调换。电话：01065233595

PART 1

用自己的节奏过生活

003 / 日益更新的战争

008 / 你是否负担得起自由

013 / 不要放弃自己人生的投票权

018 / 一天用来醒来,一天用来出发

025 / 认真工作的人有尊严

031 / 若不能承受孤独,便不配拥有自由

037 / 自由即是自我

044 / 软体动物没有资格谈爱情

052 / 每一年春天,住在心里的花

PART 2

没有人值得你羡慕

057 / 得不到的，终成温暖

062 / 底线决定你所拥有

067 / 姑娘，你为什么不撒娇

071 / 姐姐那么美

079 / 生活没有为你安排捷径

087 / 从前的日色慢

091 / 花朵不想明日事

094 / 你为什么总对婚姻不满意

101 / 庆幸的是，我们心中都曾经住过一个黄蓉

PART 3

对失败的定义
区分了世间大多数人

111 / 什么年龄该认输
115 / 有时候，竭尽全力只是在浪费时光
120 / 世间没有失败的爱情
124 / 从未做过傻瓜的人，不足语人生
128 / 好好活着，总有希望遇见
135 / 生活与你，两不相欠
140 / 美好人生从"饭、祷、爱"开始
146 / 前任有义务好好活着
150 / 你只是害怕与别人不一样
155 / 美好的浪费

PART 4

总有人要选择其他方向

163 / 当你卑微,就能快乐

170 / 所有的"如果"都是苦果

177 / 多谈恋爱少结婚

181 / 想要自由,但你准备好了吗

185 / 我眼中的完美人生

190 / 成长是一场健身运动

195 / 遇到更宽阔的自己

201 / 戒掉缺点,就戒掉了你

209 / 如果一切不像开始想的那样

PART 5

所谓世间，
不就是你吗？

219 / 在大城市找一个人有多难

224 / 容易受骗是因为你孤独

231 / 年饭的滋味

236 / 与母亲隔着的那层稀薄空气

241 / 照片里的我们总是忘了忧伤

245 / 庆祝我们相遇 36 周年

249 / 结婚 10 年

257 / 以微米为单位接近

264 / 白露天的柿子

269 / 夏天到了，该吃西瓜

274 / 你若夸我，便是晴天

PART 1
用自己的节奏过生活

我还是愿意把这样的人生再过一次。一个人,应该热爱自己短暂生命的每一天。

日益更新的战争

站在 2013 年的尾巴上,我想说说自己的咖啡馆,它是这一年中,我生出的一个孩子。

作为资深劳模,每月几万字的写作已经坚持了整整十年,在"下一个需要改变的十年,应该做些什么"的念头里犹豫了几个月后,我决定开一家咖啡馆。开咖啡馆是件俗事,已心照不宣地入选"三俗"之一(另两俗是骑车去西藏、农村开客栈),正如我一生的前几十年,从未选对过一个高端的、前沿的、能赚大钱并且站着把钱赚了的行业一样,这一次,我也选择了一个既不赚钱也不高端的行业。这是依着自己兴趣做事的人终生难以克服的短板,除非你的运气极好。

从选址、找门面到开业，用了半年，之后的半年，我在从女作家到老板娘角色转换的焦虑中颠沛流离。

武汉是一座骑在江上的城市。咖啡馆在汉口江边的老法国租界，我的家在武昌珞珈山与桂子山之间。地铁穿越长江需要4分钟，公汽需要10分钟，自驾需要6分钟。我常常在晚上九点半之后，乘坐608路公汽穿越建于20世纪60年代的长江大桥，从汉口的店回到武昌的家，公汽的终点是我的母校武汉大学。夜晚的长江两岸似咖啡馆中画着浓妆、拿着单反的女孩，霓虹灯的艳俗、高楼的故作气派无不显示现代化都市的千城一面，长江却在其眼皮底下，呈现它原来的模样。装满河沙的货船以不变的速度行驶，似乎已在水面停留多时，一声沉闷的汽笛声划过夜色，告诉你所意识不到的生命，正蓬勃向前。

这是一天中最累的时刻，也是一天中最好的时光。倘若没有那间开在远处的咖啡馆，我一年之中大约不会有一次，于这样的夜晚，一个人穿越长江，疲惫与寂寞是我的行囊，人们只有在背负这样一副行囊时，才会重新思考人生。

咖啡馆所在的房子建于1907年，即将度过百岁，并非临街的门面，而是在一条幽静的小巷中。我当然希望它能赚钱，然而，倘若一件自己喜欢的事情，不能按照自己的意愿去完成，这喜欢便会打折，而打折的喜欢与不打折的喜欢，我以为它们赚钱与亏本的概率是相同的，所以我选择了后者，即使不赚钱，至少赚了喜欢，赚了以自己的心愿去完成自己想做的事。

我做了人生第一杯卡布奇诺与摩卡咖啡，第一块提拉米苏与Cheese Cake，第一次作为经营户去社区开会，第一次知道在这片土地上，做一个小老板所要应付的方方面面之复杂，那不是你单纯地将一撮咖啡豆变成美味咖啡的过程，甚至不是单纯地将一个梦想变为现实的过程，那是看一部恐怖片的过程，是坐在马桶上都担心下面伸出一只手的过程。我从一个坐在家里写作、与人鲜少交集的人，忽然变成了要对许多人微笑点头的人，并且几乎身边每个人都可以管到你，你放点自己勉强可以听到的音乐，都有邻居告你扰民，他们因为觉得你赚了大钱而对你充满仇恨。

当一个人开始创业，把将来想得再复杂都不为过，因为你所面临的复杂，将会超出之前的预计。

倘若我不是一个经历至上主义者，面对这绷带般漫长的复杂，大约是会痛苦的。

咖啡馆的名字叫"清唱"。在七月灰蒙蒙的一天，我与杨小果走在武汉经济开发区一条林荫路上，我为咖啡馆的名字一筹莫展，她对咖啡馆其实并不感兴趣，为了尽快将话题转移到自己感兴趣的方向，她决定帮我想个好名字。"清唱"就这样被想出来了。它当然不算一个最好的名字，我却珍惜人生中的偶遇，是偶遇，而不是惯常的或可计划的一切，让生命变得更值得活下去，并要活得更长。

多了一个身份，多了一份工作，一天好像只有18个小时，我坐实了"劳模"这个称呼。偶尔有那么几次，当深秋的风将梧桐树的叶子狠狠摔在我的脸上，当走出咖啡馆时迎头撞上夜晚的冰雨，当不知哪儿的官爷忽然惊扰了一室的温暖，我问过自己，改变是否必须，选择另一条路重新开始是否必须，将理想变为现实是否必须。答案是否定的。它们皆不是必须，而只是生命的不确定性，是人生而为人的悲剧与必然。

欲望决定了人类的秉性，最轻松的生活常常最令我们苦恼，只有当你被无数的偶然与意外撞得头破血流，在实现梦想的路上被捆绑成一具木乃伊，经历过你的经历，痛苦过你的痛苦，之后到来的轻松的生活才是有意义的。

我们吃过很多的糖，永远记得的是喝完中药后，入口的那一块硬糖。

"也好，忙到没有时间忧愁。"劳模在喝完2013年最后一瓶啤酒后,嘟哝了一句。

"忙到没有时间浪费时间。"另一位劳模说。

哦,原来你也在这儿。

一

你是否负担得起自由

不断有人问我，我也想过自由的生活，你能给点建议吗？

每个人都是不同的，他人的建议放在你身上可能什么都不是。然而我还是想谈谈我对自由的看法。在我看来，自由只是束缚的另外一种形式，与上班打卡的区别也仅仅在于，你终于在选择一条什么样的绳子捆绑自己这件事情上，有了自主权。我们常常羡慕他人的生活，这羡慕无形中会成为一种力量，既是改变的动力，也是坏情绪的推力。

不必把自由想得太好，那样的生活你或许负担不起。

10年前的四月，老洪山广场还没有拆，广场里养了许多鸽子，领导在我的辞职报告上签下"同意"的那一天，阳光正在春夏之交的岁月中酝酿着最为舒适的温度。走过洪山广场，一只鸽子落在我的手臂上，我悄悄对它说，从此我与你一般自由。

在经历了国企、私企、民企的十年 Office 生涯之后，我成了一个以写作为生的自由人。有人说我坚持不了两年，有人说我会荒废了自己，我的父母也像大多数中国父母一样，唉声叹气，似乎自己的女儿将要走上绝路。

夏天的时候，我去了新疆。那是人生中第一次，也是唯一一次独自长途旅行。马铃声在交河故城上空击打着空旷，漫无边界的向日葵田将大地延展为一块永不退色的画布，当大巴司机停下车，悠闲地吸半支烟，等待羊群不紧不慢地穿过柏油马路时，对于周围那些反对的声音，我忽然有了一种释然。

只有身处一片广阔的天地，我们才能意识到自己的渺小，而意识到自己的渺小，就不会被任何所谓的重大选择击倒，即使你的选择果真改变了人生，也不过是广阔天地一朵微小的野花，野花以什么样的姿态生长，是它自己的事，唯有把自己看得卑微，才可能更加接近自由。

但如果说自由就是畅游天地间，为所欲为，也不是我的选择。我在骨子里依然是一个传统的人，需要稳定的工作、稳定的收入，需要存折，需要属于自己的家，于是我告诉自己，你只是把办公室搬回了家，你只是一个既做老板又做员工的人，书房就是你一个人的公司。

很长一段时间里，我的手机设置为十点准时关机。那些试图晚上与我联络的编辑在四处找不到我之后的清晨，会半开玩笑半认真地质问，难道女作家的一天不应该从中午开始吗？

你为什么不在晚上写作，你在家跟上班一样，还有什么意义……被问得多了，我也开始反思，为什么自己明明不用打卡却要固执地坚持朝九晚五的作息。我想这大约是出于对自由的敬畏。我选择自由，是为了一份自己喜欢的事业，而并非单纯为了随便地活着，甚至是为了一事无成，所以对于自由，在得到第一天起，我已心存防备。自由是个任性的孩子，可能让你的 10 年变成一天，时光转眼消逝无踪，你可以说这 10 年我过得开心就好，我却更愿意说，这 10 年，我找到了另一个自己，实现了当初的梦想。

与自由相比，我更擅长自律，并且固执地认为，没有自律的自由毫无意义。

我迷恋因早起而显得格外漫长、充裕的日子，仿佛凭空偷来更多的时间。我喜欢记录，已完成、计划、收入、支出、灵感等等，都会被忠诚地记录在一本厚厚的笔记本上。某年生日，好友送给我一本《读库》的 Notebook，她在扉页上这样写："她最理想的归宿是被打开，被书写。"我如获至宝，迅速将自己不可理喻的想法，不可一世的计划，不可思议的变化和不可告人的电话全部转到这本厚厚的 NB 上，此后，我又买过许多本 NB，几乎一年一本，密密麻麻地记录着自己的 365 天。

10 年，有过非常复杂的心思，却过着异常简单的生活，10 年从自由开始，以自律结束。成功学专家说，如果你肯用 10 年做一件事情，一定可以成功。我用 10 年的时间做写字这一件事，倒并不觉得自己做得多么成功，甚至在看李安自传《十年一觉电影梦》时，还产生过不小的自卑，同样的 10 年做一件事，人家都获奥斯卡了。

我只能说，花费 10 年去做一件事，是一定幸运而并非一定成功。慢慢接近目标，克服过程中纷纷扰扰的意外与杂音，在不断的克服中获得战胜自我的成就感，这样的一天与另一天，一年与另一年皆是有分别，而这，正是我们区别于他人的标志。

在中国人的意念中，"十"是一个重要的数字，寓意顶点与圆满，上古时期结绳记事，以一结代表十，我则钟爱《左传》所述：十是数之小成。十年，小成即安。

站在上一个 10 年的终点线上,我开了一间咖啡馆,这是下一个 10 年,我的奋斗与享受,我的自由与自律。成功的含义总是既模糊又无情,我的愿望不过是能够像古人那样,找一根结实的草绳,每隔 10 年,虔诚地打下一个漂亮光滑不易被解开的结。

不要放弃自己人生的投票权

没人愿意选择一个人生活,然而假如命运将你抛到了这样的境地,除了让自己活得好一点,你别无选择。

有时候,这个世界是不讲理的,若你要质问为什么这样的生活会落在你的头上,世界会笑嘻嘻地将全部责任推给你自己,而这些责任,将压垮你的自信。

说起叶德娴,人们似乎只记得她老年的样子,刘德华的干妈,桃姐……其实她年轻的时候,以唱歌出道,1983年已经在红馆开过嗓,罗大佑为她量身定做的歌曲《赤子》曾经红遍香港。她的大半生,走得不算顺利,值得庆幸的是,命运的凉薄并没有摧毁她心里的骄傲。

叶德娴的母亲是妾,她从小长得漂亮,能歌善舞,却因为特殊的身份而敏感、自卑。"小时候,跟妈妈出门逛街,看到一副特别漂亮的手套,5块钱,我求妈妈给我买,妈妈坚决不肯,我就想,长大后要给自己买。现在我有很多了。"她的脸上挂着坚毅的笑容,那个因为母亲坚决不肯买一副5块钱的漂亮手套,而内心受到伤害的小姑娘,仿佛就站在不远处的街角,冷眼看着拥有无数双手套的长大后的自己。

因为在家庭中得到的温暖有限,叶德娴谋生很早,主要是在歌厅里唱爵士,歌声低沉有力,全无小女孩作态。18岁,她嫁给骑师郑康业。怀第二个孩子的时候,丈夫外遇,彼时,他们的感情已过了七年之痒,人们劝她,既然已经有两个孩子,丈夫也并未拿外面那个女人为难你,忍一时可风平浪静,她不肯。

每个女人都是怀揣梦想走进婚姻,梦想破灭往往是婚姻给我们上的第一课,继续生活在破碎的梦里,还是把梦直接扔掉?太多人选择前者,因为女人不能为自己而活,我们要顾及家人、朋友、孩子。

叶德娴选择了为自己而活,她忍受不了在破碎的梦里继续扮演幸福的女主人,也没有耐心修复与一个不尊重自己的男人之间的关系。想必男人真的不想离婚,却又实在给不了她想要的生活，离婚大战一打就是 7 年。

33 岁，她恢复单身，养家糊口的压力使她不得不接更多的通告，骨子里却又骄傲地不肯为任何人、任何工作低头。她拿了很多奖项，却始终没有大红大紫，有人说她怪异，有人说她孤僻，一度，她远走美国，并且交往了一个外籍男朋友，终是没有走进婚姻。这一次感情的失败使她真正看清了自己，她开始练习一个人，尝试与内心深处那个孤高的女人做朋友。

一个人吃鱼蛋粉，一个人看病，一个人乘地铁，每晚 8 点上床睡觉，凌晨 4 点起床爬山。周刊小报找不到素材时，会将镜头对准她，落寞、孤单、凄凉，无非是他们对一个不再年轻的单身女人想出的最平庸的形容词。除了出席晚会或颁奖礼，她的确总是打扮得很路人，白 T 恤，5 分短裤，平底鞋，双肩包邋遢地挂在胸前，她不打针不开刀，无论脸蛋还是身材，都呈现她那个年龄的人应有的状态。除了购置各种漂亮手套以外，她在穿衣打扮上几乎没有开销，一件 T 恤穿 5 年，"布料越穿越软，最后可以直接拿来擦相机镜头"。

她可以花数十万元买一个天文望远镜，追着狮子座流星雨跑遍半个地球。她还打飞的去世界各地看白鲸与大白鲨，却舍不得把钱花在穿衣打扮上。即使口口声声说"女为自己容"的女人，其实精心装扮起来，也免不了是为了吸引异性的目光，或者至少也要与年龄相仿的同性一决高下。她既过了情关，也过了与人攀比这一关。"每个人所适合的东西不一样，你可以说命运如何，但我觉得我就适合现在这样的生活，我都不需要子女为我养老送终。"

叶德娴自己有四个姐妹，还有一子一女，如果愿意多花一点精力，即使没有丈夫，她也可以过上在旁人眼里热闹而幸福的家庭生活，她却就是那样怕麻烦，骄傲到不愿意为了一时的热闹而委屈迁就他人。

所谓刚烈的性格，最简单的诠释就是不肯迁就。叶德娴个人编年史中还有一件大事是退出歌坛。她以歌出道，最后转往影视，因为对香港唱片业失望，尤其厌烦做歌手本职之外的事情，她靠唱得好行走江湖，靠歌声换来生活费，若唱片公司高层要她陪酒卖笑，她宁愿回到歌厅。"不过是打一份工，没有必要那样委屈自己。"她不委屈自己，因此失去了很多在旁人看来十分重要的机会。

人生转眼入秋，她一个人，有片约的时候拍片，没有片约的时候带着内心深处那个名为"自我"的朋友，安静地待在某处，既不迷恋奢华又不迷恋温暖，无欲则刚。她连说话都比别人硬气，当然，这样的硬气，在习惯为争名逐利而丧失自我的世界里，是怪异。

她甚至预料了自己的晚景，或许与桃姐一样，默默消失于世界某处的某个养老院，身边没有亲人。

人的一生，委屈像一枚枚硬币，情谊则是一个浑圆的"扑满"。年轻时，你积攒了多少委屈，老来就能享受多少情谊。从年轻时便不肯委屈自己的人，老来孤清亦是情理之中。

她就这样一个人走到了年老。

两个人的生活要磨合，一个人的生活要练习，两者其实并无高下之分。我们习惯于认为两个人磨得皮开肉绽胜过一个人练得闲云野鹤，因为我们都想活给别人看。在旁人眼中，作死的热闹也比平静的孤单好看，因为热闹总有办法诉说，而孤单常常难以表述。

"我活在自己的世界里，我无法按照世俗的标准去生活。"

于个体而言，世俗的标准总是充满自以为是的优越感。叶德娴不是世俗标准之下幸福的女人，却像星光，提示我们比美好与幸福更重要的是自由——每个人对自己的生活方式都有投票权。

一天用来醒来，一天用来出发

我人生中第一个"那一天"，在 15 岁时清晰起来。

那一年，我读初三，是个日子过得浑浑噩噩的女孩。就读于我父亲单位的子弟中学，班主任与我父亲相识。在那片不大的天地里，我从未觉得有什么事情是重要的，需要争取，需要珍惜，于是放任自己的懒惰以及青春期少女特有的，对不被成年人待见的执著与迷恋，走在"坏学生"的流金岁月中。

五月到来，离中考越来越近，我一点儿也不害怕。未来似乎仅仅局限于这个巴掌大的小城，在这里，我是女王。

那是晴朗的一天。早晨起床，我在脸上抹了一层永芳美容膏，还偷偷用了姐姐的紫罗兰香粉，将头发梳成马尾辫，又在上面绑了一条浅紫色的丝带。做完这些，时间已经不够用了。早读已经开始，班级门口站着一位迟到的同学，我推了他一把，说："进去啊。"

班主任忽然怒吼道："谁让你们进来的？"我的脚步像遇到一堵高墙的狂风，停了下来。

"你进去，你，出来！"

她站在我们面前，正像一堵墙，侧身将刚才站在门口的同学让进了教室，却步步紧逼地将我驱赶至走廊上。

走廊上安静极了。阳光从被漆成奶黄色的木格窗中透进来，洒在水泥地上；尘埃带有末日狂欢似的激情，在光束中舞成深海的鱼。我盯着它们，被耳朵里满满的读书声吵得眩晕。

大约站了10分钟，班主任出来了。她接近50岁的年龄，在我眼里已是老态龙钟。

"你如果在脸上少抹点白面，肯定不会迟到。"只有女人对女人的讥讽才会如此尖利、准确，直达内心。

"你每天打扮得花枝招展，上课除了睡觉就是跟同桌男生聊天，还趴在桌子上聊，你直接把桌子搬回你家炕头算了。"她的讥讽变得更加明确，声调也提高了。原本空荡荡的走廊墙壁上，蘑菇般地冒出一个个脑袋，此起彼伏，隔壁班的老师甚至直接冲出来探个究竟。那是一位年轻漂亮的历史老师，刚刚毕业分配到我们学校，她的父亲与我的父亲是老乡兼好友。

第一次，我感受到时光的残酷。它一分一秒，小心翼翼地蹚过这条走廊，无论我如何祈求，都不愿意快走半步。当时，倘若手握一把小刀，我愿意切掉这段时间，像切掉一块有肥肉的香肠。

终于，早自习的下课铃声响了，我被允许走进教室。同学们嘻嘻哈哈地打闹，似乎没有人注意我，而这份不被注意，更加刺伤了我，让我觉得自己是因为某种缘故而被孤立了。

那一天之后，我带着对一个将我的自尊扔在地上踩碎的老女人的愤怒，开始发愤图强地学习。我读一本本书，做一道道练习题，将落在地上的烂葡萄似的自尊，一粒一粒地重新捡起，在它们尚未被践踏之前，我甚至没有意识到它们是存在的。

我中考的成绩相当不错。"浪子回头"与"黑马"这两个词，在我毕业多年后，还被那所学校的老师用于我的传奇故事，激励那些不求上进的学弟学妹。

那一天，她拯救了我，唤醒了我的羞耻心。在今后的岁月中，我越来越意识到，这对于一个人的重要。然而，我却一直没有机会告诉班主任老师。后来的偶遇，她总是显得局促而尴尬，使我没有办法开口。

岁月是个奇怪的魔法师。温情的一天可能是后来悲剧的开端，而被伤害的那一天，在日后无数次的回忆中，变得越来越温暖。尤其在一个人年轻的时候，被狠狠地伤害一次往往比被狠狠地爱一次更有意义，因为年龄所造就的肤浅，决定了我们对于爱，总是熟视无睹，而伤害，抵达的恰恰是我们一次次逃避，却并不自知的内心。

"我只有两天，我从没有把握，一天用来路过，另一天还是路过。"许巍在歌里唱。如果每一天都在路过，注定只有少数的路过会留下印记。

另外的一天，出现在我工作的第5年。

之前的那一天所积累的能量，在我考上一流大学后，便一天天地消失殆尽，之后便是目标实现之后漫长的迷茫期。

大学毕业后，我在一家企业做着与兴趣、专业皆毫无关系的工作。工作十分轻松，每天，我将所有的报纸从报头看到最后一页，每一个广告都经过细心钻研。终于，闲得实在无聊，我决定写点小文章打发日子。

看完报纸副刊，如果离下班时间还有段距离，我就埋头写一篇七八百字的小稿子。副刊上有人写喝茶，我就写喝咖啡；

有人写童年趣事，我就写童年最糟心的事，写完装在单位的牛皮纸信封里，混于一些公务信件中，交由传达室统一寄出。

稿子投了很多，每天的报纸副刊上都没有我的名字。

那一天，是武汉初夏阴沉闷热的桑拿天。我无所事事，便去传达室取信。每天都有一些公函与订阅的企业杂志到来，另外，报纸也是由传达室按科室分组，由各科室的人取走。

"有一封你的信。"传达室的女孩对我说。我趴在传达室的窗台上，翻出了那封信，信封上印着"武汉晚报"四个字。

信是薄薄的一张纸，红色条纹信笺。

"来稿《你无法孤独》已刊发在本周四的副刊上。文字清丽，寓意深刻，希望继续努力，多赐优秀稿件。"

我边走边读，一遍又一遍地看不够。身后有一辆洒水车开过来，司机并没有因为行人而调低水龙的水量。旁边只有一个斜坡，我慌张地爬上斜坡，手里紧紧握着那张信纸，报纸散落一地，被洒满细小的水珠，我的白裙子上也有泥点，如此狼狈的一刻，我却欢欣鼓舞。

如果没有那封信，我一定也能看到周四的副刊上自己的名字，会开心一天或者一阵子。那样的开心，却终究是不一样的。这封信，让我与城市另一端的一个信息源建立了联系，不是与那份每个人都可以看到的报纸,而是与某个具体的人,通过一封只有我们两人阅读过的信件。在这个举目无亲的城市里,在被岁月的激流不小心冲上岸的这个孤寂坐标点,有另外一个点,一个坐标上的人,关注着你的努力,盼望着你将努力的成果捧在她的面前,这样的感受,未经历过迷茫的人大约不容易理解。

那一天之后,我迷失于生命中无法承受之轻的生活忽然有了目标。

一年后,我拿着装有在晚报副刊发表的文字的沉甸甸的文件袋,去一家刚刚创刊的杂志社应聘、工作。

后来,有机缘见到了那位写信的编辑,说起那封我始终珍藏的信件,她的脸竟然红了,想不起来曾经写过这样的信。我并不觉得受打击,反倒暗暗高兴。一个富有的人,无意中遗失的一粒金子,改变了一位陌生人的人生,这样的故事,比刻意地塑造一个人更温情与有趣。

如今,经常收到陌生人的电子邮件,询问生活难题,我尽可能多地回复他们,虽然并不指望以一封信、一个时刻改变他们的人生,却忍不住幻想,或许我花费的那一点点时间与笔墨,能够温暖孤海中航行的某一个人。

一个人活到80岁,他的人生是由近三万天组成的。大多数时候，人生如一条平稳的河流，一日如同一年，一年如同十年，我们最终记住的，是站在转折处的日子。它们仓促地站在那里，虎视眈眈或相逢一笑。之前的许多日子，原来是为了抵达这样的一天，而之后的那些日子，又是这一天的延续与注解。

　　这样的日子稀有而光辉，却又势利而狡猾。倘若你对人生过早地放弃，匆匆忙忙设定了生活的终点，它便可能泥鳅般绕过你的路口。终究，我们的人生不是被哪一天所改变的，而是那一天，恰巧撞到了想要改变的那个人。

认真工作的人有尊严

大多时候，当我们不快乐，不是因为真正丢失了什么，而是感觉自己不被重视。尽管我们并不知道怎样做，能够引起他人的重视，一个显而易见的规律却是，无论你在做什么，如果你投入了十分的精力，会更加容易收获尊重。

又或者，当你认真去做一件事情时，你的尊严来自于自己，他人的重视仅仅是锦上添花。

书里说，少年是做梦的年龄，美志却觉得中国的少年根本没时间做梦，大学四年，才是做梦的年龄，一毕业，梦就醒了。

毕业三年，美志换了三份工作，发现学设计的跟学中文的一样，在哪儿都能用，却在哪儿都可用可不用。终于，美志去了一家房企的企划部。楼盘高大上的宣传品外包给广告公司，美志所做的无非是一些简单工作，比如设计名片、易拉宝等，工作不累，收入也不高。

转眼两年过去，美志的工作与薪水都没有变化，房东却天天追着要涨房租，经常去吃的那家盒饭，也由10元涨到了15元。每到发薪水的前一周，美志都抱怨"工资再不涨就活不下去了"，于是大家一起抱怨，过足口舌之瘾后，该干吗干吗。

美志闲来无事，去娜娜办公室串门，娜娜是公司会计，美志扫了一眼她的电脑屏幕。

"销售部收入这么高！"

"当然，人家是咱们的衣食父母嘛。"

美志忍不住向娜娜抱怨学习无用，拼命考上一本211，毕业后还不如中专毕业的售楼小姐收入高。"你也可以去做售楼员啊。"娜娜的眼睛并没有离开电脑屏幕。美志盯着她，努力判断她是不是在嘲讽自己。娜娜仿佛长了后眼，说："我是认真的。"

既然梦想已经变成抹布，那就多赚点钱吧。美志考虑了一个星期，终于鼓起勇气申请调去销售部。

虽然进行了短暂的业务培训，美志其实并不知道如何把房子卖给客户。第一个星期,她没开张,第二个星期,又没开张。王小山忍不住打量她,挺漂亮的一个姑娘,大学期间是校辩论队的三辩,到了应该靠说话混饭吃的时候,怎么就成了哑巴。

下次美志接待客户,王小山装作无意地在周围晃动,听听她跟客户说些什么。例行介绍,没有问题,轮到客户提问的时候,美志的高冷做派就拒人千里之外了。客户说,你们这个房子没暖气啊,美志答,对,是没暖气。"小区里也不配套小学?""没有配套的小学,但小区外面有,步行十分钟。""十分钟?刮风下雨接送多麻烦。"美志不说话了。"小区里也没有游泳池。""没有。小区的配套设施我刚才已经跟您介绍过了。"客户大约从没有遇到过这么不想卖房子的置业顾问,尴尬地不知再说什么好,王小山连忙走了过去。

那单美志看上去毫无希望的生意,竟然被王小山做成了。王小山要将业绩算在美志头上,美志不乐意。"工作是拼能力,可不是拼自尊,你如果不要这一单的业绩,这个月过完就得走人。"王小山不客气地说。

晚上,美志窝在被子里哭了一场。如果说过去的职场生活也有挫折的话,这一次,美志觉得自己已经低到尘埃里,却在漫天黄沙里摔了个大跟头。

人生就是这么奇怪，你越不想输，越输得惨。

一个原本有意愿签合同的客户，第二次来的时候，碰上美志休息，另外一个置业顾问特别热情，客户便直接把合同签了，没提美志。

"这种意愿强烈的客户，你应该每天打电话。"王小山不同情美志。

第二天，美志收到王小山的邮件，告诉她如何做一个合格的售楼小姐。

"任何做销售的都必须揣摩顾客的心理。他们提出意见的时候，不是真的对商品不满意，而是希望获取更多信息，增加购买的勇气。销售员的任务是把他们的兴趣吸引到产品的优点上，暗示他们缺点无足轻重，甚至缺点就是优点。

以下是问答标准版，望背熟记牢。

客户：这房子没暖气啊。

你：集中供暖浪费能源，用不用都得交钱，现在都流行装地暖，您不用就关着，多自由。

客户：小区也不配套小学？

你：很多楼盘拿小学当卖点，其实小区配套的小学教学质量根本达不到高端客户的要求。

客户：小区里也没游泳池？

你：我们有一个超大的网球场，全市最大，可以请您的朋友来打网球。"

美志有点想笑，却不小心哭了。她承认，王小山身上有一种并不高级却也不令人反感的机灵，这种机灵，从小到大，在那些屡犯错误的差生身上隐隐约约地浮现，以前美志瞧不上，如今却做不到。

"我不如一个差生"，这个念头越来越频繁地出现在美志的脑海。当一个人信心全无时，工作就会变成煎熬。

第三个月，美志面临崩溃。娜娜送她上班，看到她红着眼睛，无精打采。"真有那么困难？"娜娜小心地问，美志的眼泪决堤而出。娜娜将车停在桥上，拉着美志下车，看桥下的江水。两江交汇处，一条清澈一条浑浊。

"你看，清澈的水流入浑浊的水，滚滚东去，注入大海。我们每个人都是一条奔腾的江水，一路向前，泥沙俱下。如果你不能放下身段，汇入更广阔的流域，可能永远无法抵达大海。"

美志已经哭花了妆，打电话向王小山请假，王小山什么也没问就准假了。整整三天，没有任何一个人给她哪怕一条消息，包括娜娜。美志第一次有了被全世界抛弃的感觉，一个无足轻重的人，一个对任何人来说，可有可无的人，如果说到尊严，还有什么比这个更伤尊严的？

她洗了一把脸，翻出电话簿，给曾经接待过的客户打电话。你好，我是××的置业顾问林美志，很高兴与您联系，请问您是否有兴趣进一步了解我们楼盘？美志现在只想与人说说话，这是她的工作，她不在乎别人是怎样的反应，认真工作的人自有他的尊严。

谁登山的时候，不曾被尖利的石块弄痛过脚掌？美志在自我安慰中渐渐入睡，终于睡了一个安稳觉。

一

若不能承受孤独,便不配拥有自由

有一部关于鱼玄机的港片,名为《唐朝豪放女》。在女性所受禁锢颇多的时代,自由生活是鱼玄机们向往的黄金时代。自由原本是好的,然而当一个人无论精神还是物质皆无法独立,便可能剑走偏锋,让追逐自由的脚步变成杂乱无章的豪放。

唐才女鱼玄机的父亲是落魄才子,像那个时代许多读书人一样,终生奔波在考试途中,榜单上却始终没有他的名字。他把梦想无限地寄托在聪慧的女儿身上。鱼玄机5岁识字,没几年就成了方圆几十里小有名气的才女,父亲帮她打开了眺望美好世界的慧眼,却没有给她铺就通往那儿的阶梯。

鱼玄机不到10岁,父亲就去世了,她与母亲住在平康里巷旁边的贫民窑里,靠给巷子里的妓女织衣补衫为生。往来平康里巷的既有达官贵人,也有风流才子,有时难免会有不甘寂寞的文人想一睹小才女风采,于是便有了鱼玄机与温庭筠的相识。

当年的文艺大咖温庭筠一生放纵不羁爱自由,几乎做了一辈子有才华的流浪汉,他让鱼玄机看到了自由貌美如花,可这男人却无意于赚钱养家,供养才女的自由,哪怕仅仅是一张安定的、可以让才情在纸张上自由绽放的书桌都没有。

经过父亲与温庭筠的调教,那个时代罕见的女性自我意识在鱼玄机身上像春天的野草一样发芽了,所以才有了那句著名的"自恨罗衣掩诗句,举头空羡榜中名"。

据说状元李亿与鱼玄机的婚事是温庭筠撮合的。李亿名义上纳鱼玄机为妾,其实瞒着正房太太裴氏,两人偷偷摸摸地在京城厮混了一段时间,裴氏就杀上门来,送给鱼玄机的见面礼是一顿暴打。

李亿送鱼玄机去做女道士,是给足了香火钱的。也就是说如果鱼玄机果真能够安心写作,咸宜观倒是个不错的地方。然而当自由真正离得很近时,鱼玄机却退缩了,因为这样的自由是没有根基的,穷日子苦日子她过怕了。与李亿短短四个月的锦衣玉食的生活,使自恃清高的她觉得自己原本就配过上那样的生活。

鱼玄机究竟有多爱李亿,未必,但她一定爱与李亿在一起的生活,所以她拼命想挽回这段感情。

绝望来自于李亿无声无息的离开。咸宜观里希望的火花仍在燃烧,李家上下却已收拾行囊,浩浩荡荡地奔赴扬州——李亿官场生涯的第一站。

向往像个男人那样争取独立自由的鱼玄机开始"以文会友"的豪放生涯,此后出现了许多男人,其中一位包养她的大户名叫李近仁,鱼玄机特意写了一首讨好他的诗,名为《迎李近仁员外》。每个男人的胸前都是她短暂的港湾,却是路过的港湾越多,停下来的可能性越小。她以为自己向往自由,最终却只是像许多女孩一样贪恋依靠,内心的漂泊不定使她的脾气日渐暴躁,终于失手打死了女仆绿翘。

王小波在《寻找无双》中试图还原鱼玄机,她临死的时候竟然兴高采烈地与狱卒搭讪,说终于熬到要死了,人活着真不容易啊。自古,写文章的女人似乎总是活得更难一些,才情赋予了她们足够的敏感与虚荣,却未必有足够的智慧与坚强。

鱼玄机让我想起了另外一位私生活饱受诟病的才女,萧红。萧红母亲早逝,父亲性格暴躁,家境不差,她顺利读完了中学,在那个年代算是高学历女子。然而与鱼玄机一样，知识使她觉醒却并未带给她好运，她始终是个矛盾的所在，一边逃婚，一边与人同居怀孕；一边大踏步地奔向自由，另一边总是需要男人的陪伴与照顾。或许病弱的身体总会局限一个人追求自由的脚步，"我活不长的，我需要你跟我在一起。"萧红对萧军说。

是第一次见面，最多在第二次，萧红就与萧军上床了，彼时，她怀着另一个男人的孩子。也许是爱，更多的应该是为了依靠。她在哈尔滨滔天洪水中，在滴水成冰的寒夜里，成为跟在萧军后面的女人。他的朋友圈就是她的朋友圈，她什么都没有，除了一杆笔。

用最原始的方式换取生存的权利从来不是一件丢人的事，无论你是满怀理想还是向往自由，然而当境遇好转，初心是否还在？

遇到鲁迅之后，萧红进入她的黄金时代。鲁迅之于萧红，颇有些温庭筠之于鱼玄机的意味。都是当时的文坛大佬，振臂一呼，应者无数，他们说谁是才女，谁就是才女。显然，这样的男人才是她们最好的靠山，只是造化弄人，他们只是将她们推得离幸福更远了。

萧红当然暗恋鲁迅，作为一个童年时期，母爱与父爱双重缺失的女孩，她始终在寻找一个能够像父亲一样罩着她的人。鲁迅一家稳定而安详的生活，正是她梦寐以求的，所以她会不顾许广平的抱怨与鲁迅的病体，像邻居窗台上的牵牛花，固执地攀附在鲁迅的屋檐下。

　　萧红一举成名的作品《生死场》由鲁迅力荐发表，并亲自为其作序。

　　成名后的萧红，经济方面显然宽松不少，与萧军的感情却风雨飘摇，于是她东渡日本休养生息。那是她最为闲适的一段日子，却并没有写出有影响力的作品，她几乎被独在异乡的孤独感与未来情感的不确定击垮了。

　　电影《黄金时代》中，萧红对胡风说，我跟萧军分开了，现在，我与他在一起。不远处树荫下站着穿皮服的端木蕻良。"没必要这么急吧，至少应该让自己先冷静一下。"胡风的话不知是否有史料出处，即使没有，相信也是许多萧红同时代的朋友，以及如今对她的生平略知一二的人最想对她说的话。

　　她那么急切地将自己一次又一次地交付给不同的男人，希望与他们一起过上一种自由而闲适的生活。

　　才女若出身卑微，身上染了太多苦难，便会呈现一种迷人却又致命的天真——以为才华能将灰姑娘变成小公主。迷恋自由，却选择最不自由的、依附的生活；迷恋安逸，却因为缺乏安全感以及与他人平淡相处的能力，而容易失去安逸的生活。

鱼玄机与萧红，一个向往男人式的自由，求取功名，笑傲江湖；一个向往孩童似的自由，回到呼兰河边祖父的花园，做一株自由生长的黄瓜，想结几个果就结几个，想不结就不结。她们没有得到自己想要的自由，除却时代的原因，还有一个原因是她们欠缺同一个常识，即自由与孤独成正比，如果你不能承受孤独，便不配拥有自由。

电影《黄金时代》中，萧红临死前的那个微笑，与王小波《寻找无双》中的鱼玄机何其相似。活着太难，终于熬到了死，只是她有多不甘心，俗世的牵挂没有尽头，为了寻找那一点点微不足道的安全感，而放弃独处与成长的机会，她终于与自由背道而驰。

在自由面前，人类常有一种叶公好龙般的可笑。自由与美貌一样，成了人人羡慕的东西，然而当自由真正到来时，他们却又想抓住那许许多多的羁绊，因为很多时候，自由意味着孤独，意味着你对于许多人来说，可能不那么重要。

自由即是自我

世间从不缺乏热衷于改变命运的人。男人改变命运多半是靠努力靠奋斗,是一条康庄大道;女性的命运因被局限于家庭,改变起来格外伤筋动骨,相当于从康庄大道拐上了羊肠小道。在鲜有人走的路上,披荆斩棘,风景是特别的好,路也是特别的难,支撑女性寻找自由的,除了信念,一定还要有点别的什么,比如智商、运气、勇气,更重要的还要有点钱。

作为中国文学史上留下作品最多的女作家,朱淑真一直被忽视了。没办法,中国文学史首先是一部中国男人史,不仅书里记载的多为男性,写史之人也无一例外是男性。对于朱淑真,他们一向是戴着有色眼镜,甚至要把朱淑真写的"人约黄昏后,月上柳梢头"安到欧阳修头上,只是因为这女人挑战了男权。女人红杏出墙是丢了天下的脸,而天下,说来说去,是男人的天下。

朱淑真生于安徽小吏之家,父母为她做的最正确也最错误的选择是让她饱读诗书,书读多了,心思也多了。眼看女儿一天天长大,总在胡思乱想,父母急忙寻了一户人家,把她像甩包袱一样嫁过去了。对方是个小官,正处于事业上升期,娶个老婆就是为了生儿育女,根本不知道世界上有一种女人,是有思想的。

李清照写词,把丈夫赵明诚想象成第一位读者。朱淑真的词,是写给自己看的,"宁可抱香枝上老,不随黄叶舞秋风",几乎是一句宣言。丈夫一会儿在这儿做官,一会儿去那儿做官,你做你的官吧,我宁愿抱个枯树枝终老,也懒得跟你乱跑。

在纳妾合法的年代,元配跟不跟自己舞"秋风",男人根本不在意。朱淑真的绝望来自于这种不在意。她很努力地吸引目光,写出极美的诗文,然而,在这个世界上,却没有人觉得你是重要的,此落寞之深,深过"独行独坐,独唱独酬还卧"。

不相信自己的命运即是如此,朱淑真红杏出墙了。既然家里的男人那么不把自己当回事,带着小妾去赴任,留在家中的朱淑真当然可以理直气壮地"人约黄昏后"。

后来，她索性住回娘家，专心谈恋爱去了。名存实亡的婚姻离与不离又有什么关系，她只顾去谈自己的恋爱，与心上人享受自由的生活。

女人寻找自我，最便利的选择是"自由恋爱"，然而她们很快就会发现，自己所追求的竟然是自己所反抗的。她们爱上一个视女人为尤物的俗人，然后指望这个男人尊重她，珍惜她，不花心，不为仕途离弃男女恩爱。

崔莺莺的梦破灭了，朱淑真的梦也破灭了。她最终投河自尽，不是因为家庭生活不如意，而是因为情人的离去。以情人反抗丈夫，最终发现情人比丈夫更寡情，这样的打击，除了一死了之，也实在想不出更好的办法。

朱淑真死后，基于保护隐私的考虑，父母焚毁了她的诗词原作，幸好朱淑真本人视隐私为一坨屎，早已经将自己的大部分作品流传出去。

在"自我"从来不被提倡的中国古代，女人想要寻找自我，几乎等同于在伸手不见五指的夜里找路，只能从一个男人摸到另一个男人，这就注定了他们常常从一个坑里爬出来，又掉到另外一个坑里去了，寻找自我之路成了迷失自我之途。

朱淑真之怨穿越到了张曼玉身上，像伸手不见五指的夜披上了一件烟花的外衣，有了华彩。

17岁之前的张曼玉是一位标准的英国女孩，独立、自我、自尊，虽然父母离异，却并没有离异家庭孩子固有的忧郁，相反使她更加坚定地相信，人在这个世界上，要靠自己。那时候，她的理想是做一名化妆师或发型师。17岁，她随母亲返回香港，被星探发现，第二年参选港姐，获第二名，从此进入娱乐圈。阅艳星无数的王晶曾经这样评价初入娱乐圈的她：一张白纸，毫无心机，性格比外形更可爱。

没有心机的人，当然不是因为笨或者傻，而是过于珍惜自己的羽毛，不想去讨好任何人。要知道，心机是一团沥青，染上了就会脏。

演戏时，她只是认真地把戏演好，不想别的事情；恋爱时，她只是努力地谈一场美好的恋爱，也不去想别的事情。她看上去并不像劳模，却是片场最早来最晚走的一个。在与成龙对戏的时候，她为了找到角色的感觉，不要替身，结果摔得头破血流。她只是因为长相秀气，看上去像个娇小姐。偶尔，男人会被她的外形欺骗，比如尔冬升，两人的恋情最终因尔导过于大男子主义而告终。多年后，她说，当我遇到另一个让我心动的人,之前的那个会忘得一干二净;他说,自我之后,张曼玉又谈了多少次恋爱?她整个人都变了。

男人比优酸乳还酸地谈论自己的前女友,只能说明他从未征服过她。

黑格尔说:"一般说来,对于优美高尚的女性,只有在爱情中才能揭开周围世界和她自己的内心世界,她才算在精神上脱胎出世。"爱情只是寻找自我的一个途径,而并非拥有自我的终极乐土。她有过很多场爱情与一次短暂的婚姻。对于爱情,她说:"我经历过这么多段感情,每次都享受到尽。"对于婚姻失败,她说,那不能称其为失败,因为我们在一起快乐的记忆比不快乐的记忆多得多。

爱情是一种经历,你不能指望它能改变你的生活。你的生活是自己的,爱情充其量起到的是锦上添花或添乱的作用。

她的爱情的确够狗血,有与发型师的爱,与小明星的爱,与渣男的爱。她被人家爆过情书,骗过钱,然而,她从未与有妇之夫拍拖过,这在香港娱乐圈的美女中算是异数。另外一位在这方面操守很好的女星是钟楚红,她们曾经是最好的朋友。

"对得起自己"是她评判人生的唯一标准。这样的女人,要么活得很惨,要么活得很好。她活得很好,除了拥有绝大多数女性没有拥有的冷静之外，更因为演员这个职业，为她的日常生活提供了充足的供给，让她即使遇到损失1000万港币的狗血爱情剧，也能站起来拍拍屁股走开，不必上演飙泪控诉那场戏。

某一天，拍完戏，吃完便当卸了妆，她忽然觉得人生无趣，该饰演的角色似乎都已经演完。

大多数人的人生，在前二三十年是一出独立播放的电影，后几十年，就成了循环播放，所以他们的人生，在前一个三十年已经过完了，显然，这不是她想要的人生。

没有告别仪式，没有媒体采访，她说走就走，除了偶尔卖好朋友一个面子出来露露脸，大部分时候她住在巴黎，骑单车、喂鸽子、学音乐、谈恋爱，新生活于她的意义在于颠覆与放弃。人们通过不断努力而拥有的东西，一旦成为负累，无论多么好，都不再使人快乐，放弃它们的过程就是重新找回自我的过程，太多的人想要找回自我，然而如果代价是让你放弃之前几十年努力得来的东西，他们最终还是会选择在没有自我的日子里混日子。

40岁后，她只想演好"张曼玉"这个角色。

究竟什么是女性的自我，从朱淑真到张曼玉，许多年来许多的女性都在寻找与追问。自我即自由，自由于女性而言格外艰难，因为她们天生背负太多的感情债、口碑债，社会对于好女人约定俗成的定义中，从来没有"自由"这个词。

2014年，她年满50岁。即使打再多的针，请再好的整形医生帮忙，她都不可能回到少女时的模样。她已经不美丽了，只是依然有风骨与风情。"人不是一定要美，而是要有意思，做人做事有意思。美要加上滋味、加上开心、加上别的东西，才是人生的美满。"她要的是人生的美满而不是完美的人生，美满的人生是允许有缺憾的，你或许会一个人慢慢老去，或许永远做不了母亲，但无论怎样，你是按照自己的意愿在生活，没有被声名、爱情、美貌、年龄等绑架，你刻意为人生制造了几个转弯，在每一个转弯处，发现惊喜。

让男人去说"我的一生很成功吧"，女人要说的是："我的一生，真的很有意思。"

女神不算什么，一个女人，终于活到了敢老、敢丑、敢唱歌跑调的年龄，才是真正活出自我。

一

软体动物没有资格谈爱情

　　半夜三更接待离家出走的女友,是我愿意做的事。倒不是自己多么博爱,而是觉得在一个熟悉却又陌生的城市,在我们统统远离了童年与故乡之后,能够不太费劲地找到一处留宿之地,总归使这个城市与这个世界,于冰冷之中,仿佛也有了那么一点温暖。而那场婚姻,在无退路之中,仿佛又有了一丝的松动。

　　负气也好,伤心也罢,一时冲动离开那个温暖而熟悉的所在,穿着拖鞋,站在被冷覆盖的街上,夜风一吹,清醒过来,情绪由愤怒转为悲凉,很容易便会生出绝望来:一场爱情原来不过如此,三五年间,一切全都变了。钱包未带,外套未穿,此时的她，手里紧紧握着的只有一部手机，以便家里的男人一旦回心转意，能够及时送达自己的道歉与恳求。

留宿一晚的女友清晨醒来，纠结究竟要不要回家。整个晚上，男人连一个道歉的短信都没有，她却牵挂着家里的狗狗与女儿，定然要回去换了衣服才能出门上班，这意味着她如何孤独地走出那扇门，就要如何孤独地重新走回去。

"那个一进电梯就要迫不及待地亲我抱我的男人哪儿去了？"她失神地问，并且说自己永远不会再爱任何男人，甚至不会让女儿爱上任何男人，因为爱情除了最美好的那三五年，剩下的便只有伤害与消耗。

望着她脸上因为愤怒与失眠加深的法令纹，她生育后一直没有重新挺直的背，我很想告诉她，其实人生中的许多东西消耗得比爱情更快。

结婚前，她算得上是一个上进的人，学历不高，所以一直在参加各种充电考试，从小县城奋斗到大城市，其间更换了几份工作，越做越好。后来结婚生子，工作还是努力，却不过是她身上硕果仅存的没有被改变的东西了。改变最大的，是她走路的仪态。结婚前，她算是一个漂亮姑娘，身材结实，有着一副翘臀，常常有男人注视她的背影。结婚后，尤其生完孩子，她变得越来越大大咧咧,走路总是撇着脚塌着腰,连臀部都不见了。其实身材没有如她所说的那样糟糕,她却一副破罐子破摔的模样,因为不能够如年少时那样完美,索性连一点点美的追求都先行放下了。她甚至几乎不再看书,理由竟然是她老公是个大老粗,看了书也没办法与他交流;脾气也变得越来越坏,虽然有父母帮忙照顾孩子,却还是时时抱怨家务繁琐,不能够回到当年的悠闲。

身材,因为不能够回到未生育前,索性直接奔到大妈的境界;心态,因为不能够回到未嫁时,索性任其坏到怨妇的水准;爱情,因为不能够回到情真意切时,索性全盘否定自己曾经爱过的男人。可是,不能够回到最初果真是值得我们抱怨的吗?世界上又有什么事情,是可以走过之后,又完好无损地回到我们身边?

她将自己身上发生的所有不好的改变,归结为那个男人已经不像当初那样爱自己,这样的归因,的确可以收获许多同党,大家聚在一起的目的就是控诉爱情,控诉男人,将生活的一切不如意皆归于爱情的不可靠,反正爱情是个泔水桶,什么脏水都可以往里泼。

这的确是一件痛快的事,然而痛快过后,大家却更加放纵自己滑向一个不再可爱的女人——因为你不爱我,所以我就可以不可爱,你如果爱我,我才可爱,所以我越来越不可爱,怪你、怪你、全都怪你。

岁月的确很可怕,能将金子磨成沙子,更可怕的却是岁月尚未举起枪,我们却已经缴械投降。正是上面那样的逻辑,使女人像一块躺在爱情砧板上的鱼肉,任凭岁月宰割。

那些将一切过失归结于婚姻的女性,常忍不住拿出身边那些过得有声有色的单身女性来自比。同样的年龄,她们的皮肤更好,身材更妙,穿什么衣服都好看,经常出入小剧场与演唱会,打开她们的微博,全是活色生香的吃喝玩乐,她们一点也不显老,甚至越来越年轻,瞧人家才叫生活,再看看自己,那个没心没肺的男人究竟对我做了什么?!

爱情是残忍的,男人是靠不住的,婚姻是悲剧的,抱怨的话总是最容易说,可如果硬要说婚姻果真有什么罪过,它最大的罪过也只是令我们松懈。那些尚未收获爱情,交割婚姻的单身女子们搏命与岁月抗争,不是不想老,而是不敢老。

一个步入婚姻的女子,与其处心积虑地掂量他对你的爱每天少了几分,不如时刻警惕婚姻使人退步。如果没有爱情,没有婚姻,你是不是也不敢恣意地放纵自己的坏脾气,不敢放任肚腩叠加了一圈又一圈,不敢在蛮不讲理、面目可憎时,轻描淡写地说一句:"无所谓,反正老公喜欢就行了。"

从小,我们接受的教育是爱情应该是忠贞的,是无条件的,一朝相爱,朝朝相爱,若非如此,便是花心,是人渣,活该被狗头铡给铡了。"爱情是伟大的,它的伟大之处就在于它的忠贞。"不得不说,这是对于爱情最大的误解。既然岁月可以磨损一切,爱情当然无可例外,更何况,最先被磨损的,或许根本不是爱情,而是我们每个人。当你变得面目全非,与对方当初爱上的那个人判若两人,他不再爱你,其实远比他依然爱你更正常,除非他从来爱上的只是自己——那个努力地去爱别人的自己。

岁月对于一个人的磨损,并不仅仅在于外貌。我们常常只注意到自己外貌的磨损,因为它显而易见,更因为它最为客观,最为理直气壮。既然人人都要长皱纹,我长了皱纹也没什么了不起,既然步入中年要发胖,我胖几斤也没什么。承认自己外貌磨损还有一个有利因素在于,可以忽略其他或许不该磨损,却磨损得十分严重的部位,比如性情,比如灵魂,比如脾气,比如趣味,忽视是那些东西的磨损使你失去魅力,失去爱情。

声讨一个因为太太不再年轻漂亮便不爱她的男人,总是比声讨一个因为太太不再可爱而不再爱她的男人容易。对于外貌已经磨损的太太的厌倦，最能体现男人的人渣本质。

在宫崎骏的动画片《霍尔的移动城堡》里，女孩被施了魔法，变成丑陋的老太婆，男孩却依然爱着她，一定有女观众眼含热泪地说，这才是真正的爱，我老公却因为我长胖了一点，就看都不愿意看我一眼。她们完全遗忘了一件比声讨更重要的事，忘了问问自己，我身上是不是有一些可爱的东西，比容貌更早地磨损掉了。

移动城堡里的老太婆，虽然有着丑陋的外表，却保持着少女般天真、乐观、坚强的心灵，她竟然还是幽默的。你呢，你有多久没有关注自己的内心？无论我变成什么样子，无论我还有没有追求，你都要一如既往地爱我，只因为你曾经爱过我，你以为他是神经病吗？

一味地要求爱情忠贞，却完全不顾自己是不是依然可爱，结果只能陷于抱怨之中不可自拔。当然，你可以将自己变得不再可爱的原因归结于社会、生活，归结于你没有找到一个让你更加可爱的男人。反正你总能够找到理由，并且这些理由看上去就像无可辩驳的事实。可这样做能够带给你的所有"好处"，也只是在放任自己变得越来越不可爱的同时，拥有一个说得过去的理由而已。

　　既然爱情被寄予了超过它本身的希望，当然总会被第一时间拎出来做替罪羊，用于解释生活的一切失意与失望。

　　如果没有爱情，人生的不如意并不会少一点，岁月依旧踱着方步，遇佛挡佛，遇鬼杀鬼，使着小性子，磨损与它狭路相逢的一切。只是在那样磨损之中，人们容易保有希望——也许某一天，遇到一个爱的人，可以彼此取暖，对抗不如意的一切。可见，对于人生来说，爱情并不是最重要的，希望才是最重要。有了爱情，尤其有了婚姻，这样的磨损就变得暗无天日，也只因为前方少了找到一个爱人的希望。

　　无论希望还是失望，都是以爱情之名，爱情果真是个狠角色，可是没有爱情可不可以活命，可不可以活得有质量？答案显然是肯定的。那么，我们可不可以暂时放下对于另一半的抱怨，放下那个"他毁了我一生"的偏见，看看爱情之外的那个自己，有什么样的本领抵抗岁月的磨损。

　　所有不再相信爱情的人，都不是因为他们没有遇到过爱情，而是他们在遇到爱情之前，尚称得上是一个直立行走的人，遇到爱情之后，瞬间成了软体动物。最终，生活以严肃认真的态度让他们懂得软体动物没有资格谈爱情时，他们便惊呼一声，我再也不相信爱情了，顺理成章地将过失转移了。

　　世间还有比我们误解爱情更深的误解吗？爱情如世界上所有的东西一样，既不是整个世界，也无法抵抗岁月的磨损，爱情甚至不会让你的世界完整，只是为你的世界添彩。它是画笔，而不是魔术师。如果你是残缺的，它只能使你成为一幅残缺的画，而不会让你变成一张完整的桌子。

每一年春天，住在心里的花

四月的时候，我参加了大学毕业20周年聚会。站在那个蝉声四起的七月，展望过毕业后的若干年，觉得10便是一个大到不可思议的数字，却转眼之间，到了20。如果说，过去的回首还有着为赋新词强说愁的牵强，如今却实实在在地有资格回首。那么多的岁月，那么多的路过，始终与我在一起的是什么？

人们过于渴望的东西，总被赋予了太多文学上的意义，譬如"永远"。于生命而言，永远是个虚空甚至无意义的词。有哪些人可以永远与我一起，我对此鲜少指望。

人与人之间，正如线与线之间，是在陪伴、交叉与远离之间循环往复，即使是两条平行线，究竟也会在遥远的地方分道扬镳，能够与我始终在一起，亲近着、美好着、固执着，不受任何人甚至任何事干扰，想来想去，倒是心中那一小片梦的花田。

父亲年近80，几年前遭受了母亲离世的重创。母亲走后，他做了一个重大的决定，回到生他养他的小山村，盖一个小院子，与童年的回忆为伴，与那些熟识他的山与水为伴。最近一次通电话，他说院子里的豆角与番茄已经开花，此外种了一畦玉米。曾经，在漫长的为伴侣与子女奉献的年月，这样的生活一直是他的梦想，如今终于实现了这个梦想，那些一天天长大的菜苗又成了他新的梦想。清明播种，便盼着秋收，秋收之后，又盼着清明，生活简单得像山坡上的一株植物，却又因其与春夏秋冬的梦日日相守，而无比充实。

青春年少的我们，都有梦，有些梦想实现了，有些梦想丢失了，到了世人以为该成熟的年龄，梦想似乎不再重要，无是正常，有，倒是天真。可我始终、始终地觉得，人与人之间的区别，最终强大还是虚弱，宽容还是狭隘，不是任何其他决定的，而是梦想。如果说有什么能够让我在不再年轻时依然嗅着年轻的味道，不是护肤品，不是绸缎衣服，甚至不是爱，还是梦想。

我喜欢将身边的人分成两类,怀揣梦想的与丢了梦想的。前者天真,却满怀对生活的热情;后者老到,却对什么都提不起兴趣。我属于前者,并且人以群分,交了一些这样的朋友。

有天下午,三五个朋友在一起,谈起未来。从事写作的我,要开一间咖啡馆;一位在银行工作的朋友,准备写长篇小说;另外一位刚刚辞职的朋友,立志做最棒的烘焙师,我们嘴里嚼的正是她做的戚风蛋糕。那是没有烦恼,没有风的日子,年龄不是障碍,反倒成了资历。

梦想是开在心中的一朵花,是平淡日子里拨弄发梢的"小确幸",是想到明天时从不觉得孤单的自信。纵使岁月模糊了爱情的容颜,孩童终有一天离开母亲的羽翼,甚至病痛,甚至贫穷,都无法令有梦的人一无所有。

与梦想在一起的人,是无畏的。明天,以及明天的明天,有新鲜的光明。岁月何其无情却终是多情,它能改变太多,对我们心中那片小小的梦想的火花竟无能为力。

PART 2

没有人
值得你羡慕

每个时代的人，对于幸福都有约定俗成的偏执认知。如果说幸福只有一个模样，那世间其实根本不存在任何幸福。每一种生活都有它的苦与乐，被束缚的人以牵挂他人以及有人牵挂为乐，不甘束缚的人则以孤独与自由为荣。

得不到的，终成温暖

多年，我一直生活在自己想要离开的城市，它是父亲梦中归来的城市。

父亲 24 岁离开此地，支援中国西北建设，与我的母亲，一位山东姑娘相遇。在我成长的北方小城，上海人与东北人，江苏人与四川人，云南人与贵州人的结合比比皆是。他们之中，只有极少数人，如我的母亲，热爱这个自己亲手在戈壁滩上背冰化雪建立起来的小城，90% 的外地人，一生的梦想与追求，都是回到自己的城市。

归去的路各有不同。住在我家对门的一对上海夫妻，在想尽各种办法都无法调回上海工作后，不到 50 岁便办理了病退，回上海打工。搬家的那天,他们脸上洋溢着幸福的笑容,挥动翅膀似的双手与我们道别。关上门,父亲说终于回去了,母亲则嘟哝了一句"上海已经不是他们的上海了"。除去调回去的实力派,提前退休的激进派,更多的人选择了退休以后回去,于是他们倾尽所有钱财,在年少离家的城市里购房,或者安排子女考入那个城市的大学,留在那个城市工作。

我知道自己必须去武汉读大学,虽然我喜欢的城市是北京。被武汉大学录取后,父亲早早就安排要送我去学校。这个行为,在母亲眼里颇有些假公济私的味道,"你爸就喜欢湖北,我可不喜欢,总下雨。"母亲说。

第一次去武汉,火车尚未提速,从我成长的小城到父亲长大的城市,要走45个小时。对于这个距离的抱怨,终止于同系的一位女同学,她的父亲也是湖北人,在新疆生产建设兵团,她回家的火车要走三天三夜。

火车由北向南,自西向东,黄色的土地上慢慢有了绿色,当荷塘出现在眼前,我知道父亲眼中的天堂,母亲眼中潮湿忧郁的南方,已经到达。

如果说喜恶可以遗传,我一定是遗传了母亲。到武汉的第一年,梅雨季节几乎把我折磨疯了。下不停的雨,每双鞋都进水，挂在走廊里的衣服永远干不了，被子里潮湿的味道使我频繁出现被关入阴冷山洞的噩梦，虽然后来略有适应，毕业时，我还是悄悄联系了北京的单位。

送别宴吃过两轮，父亲忽然出现在我面前。"我给你联系了一个单位。"他带着我从江南走到江北，又从江北回到江南，与他久未谋面的老同学、老朋友相见，有些旧人热情，有些冷漠，一生不求人的父亲全然不顾他们的态度，燃尽最后一丝尊严，也要为我在武汉找到一个落脚的单位。

我终于无法对父亲说"我要离开"。

此后5年，我始终在留下与离开之间挣扎，想要奔赴的城市从北京转移到了广州。有一次，我准备扔下一封辞职信，就南下。正在宿舍整理行李的时候，同宿舍的女孩忽然兴冲冲地跑来说你爸要来了——她的部门主管是我父亲的熟人。我沮丧地将刚卷好的被褥铺整齐，坐在床边发呆。第二天，父亲果真来了，我什么都没说。

这座城市似乎成了我的宿命。相较于北京、深圳那样的移民城市，武汉是一个不容易被外乡人爱上的地方。夏天很热，冬天很冷，路堵人暴躁，的士司机沉默得像座山，但如果你胆敢少给一块钱，就能立刻尝到火山爆发的滋味。巨大的城市被两江隔成三镇，散落于三镇的朋友，见面的次数甚至比不同城市的更少。

我结婚生子后，父亲终于如愿回到了武汉。尽管他也时常抱怨武汉人喜欢端着热干面边走边吃，早晨的电梯里迷漫着令人作呕的芝麻酱与汗液的混合味道，然而更多的时候，他所体现的依然是一种终于归来的满足。他喜欢这儿湿润的空气，喜欢一个人坐公交穿越长江，喜欢去附近的湖泊钓鱼。对于一个垂钓爱好者来说，这个千湖之省的省会城市，是天堂。

武汉像父亲念念不忘的初恋情人，我与母亲背后说尽它的坏话。2007年，母亲去世，逃离了这座城。之后，父亲再婚，有了自己的住所。搬家那天，我忽然说起这么多年留在武汉的原因，父亲不无惆怅地说："以后你想去哪儿就能去哪儿了。"

可我去哪儿呢？不知不觉，我已经走过了能够因为喜欢一座城市便背起行囊、投入其中的年龄。喜欢一个人，不一定与他朝夕相伴；喜欢一座城，不一定生活于其间。所谓的舍得与放下、参透与开悟，只是因为没有了义无反顾的资本与勇气。无论愿不愿意，我的根系已经深入到这个城市的许多角落，即使是没有选择的选择，于人生而言，同样是一种选择。

人在年轻的时候，是一只鸟，年龄愈长，就愈像一棵树。

离开无望，想要离开的愿望慢慢成了一种念想。人总要有点念想，所以，那些没有实现的理想，在当初是遗憾，最后，反倒堆积在某一个角落，成为一个温暖所在。

成长，是一个克服欲望的过程。

想要而得不到，最初的体验是痛苦，像一块璞玉的原石，丑陋、冰冷、尖利，随着岁月的打磨，逐渐展现圆润光洁的一面。有些人、有些事，仅仅作为梦想存在，虽然我们并不可以武断地说，一定比梦想的实现更加美好，然而，倘若最终，你可以坦然地接受遗憾，于你而言，便如怀揣以自我岁月打磨而成的一块独一无二的美玉。

底线决定你所拥有

我们习惯于说这个世界就是这样，这个社会就是这样，划定一条没有标准的标准，为自己的软弱找借口。迎合只是一种心理安慰，指向你可以得到更多认可的表象，而实际上，人们愿意毫不吝惜地给予尊重与重视的，是那些坚持底线的人。

有位朋友，离开原来的公司 10 年后，还时常梦见被过去的老板追杀。如今，她做了老板，有了"追杀"他人的资本，回首来时路，她说前上司绝对不是穿 Prada 的恶魔，甚或在其他人眼里是还是穿 Chanel 的淑媛，自己那段噩梦似的经历实在是因为初入职场，缺乏底线，长得就像砧板上的黄瓜——欠拍。

爱默生总结美国才华横溢而又行事不端的大律师韦伯斯特一生信奉的"三不"原则为：绝不偿还任何可能逃过的债务；绝不做任何可以拖到明天的事情；绝不做任何能找到别人替自己做的事情。"正是这些让他走向了成功。不过，他对自己的亲人可完全不是这样。"

这是一个"坏人"当道的世界。如果你不懂得在某些时候变得冷酷无情，那么，不仅成功会离你很远，即使要求不高的舒心与平淡也会被压榨得越来越少，因为你不是黄瓜，不会心甘情愿地被拍成一道配菜。

"可是，人与人之间为什么不可以坦诚相待？"职场失意，情场受伤者往往会含泪吐血地质问。坦诚相待固然不错，但人与人之间更基本的关系是试探底线。这个世界上有许多人属于进攻型选手，不是每个人都值得你坦诚相待，或者说，在试探底线这一工作未完成之前，坦诚相待基本相当于"找拍"。

看看我们周围，不难发现，有些人换了若干家公司，角色永远是受气包，有些人换了若干个男朋友，角色永远是苦情女主角。为什么遇人不淑的总是她们？演员张静初在回应拒绝天价陪酒事件时，意味深长地说："你是什么样的气场，就会吸引什么样的人。"所谓遇人不淑，可能只是因为你的气场正好吸引这样的人,甚至是激发了原本善良的人们心中藏得很深的那一点点恶。人人皆顽劣,谁都希望有机会能欺负一下别人。这个"别人"正好落到你的头上,因为你没有勇气像韦伯斯特或者张静初那样说"绝不"。

许多自认为有底线的人,他们的底线是会随着事情的变化而变化的。一个将"男友出轨"定为分手底线的姑娘,事到临头却在纠结这男人究竟是酒后失身还是主动失身,是他献身还是别人送上门来。一个口口声声无法接受AA制的女子,却在遇到一个自称身家千万却坚持在约会时与她AA制买单的男人时发生了动摇,理由是这个男人条件太好了,他也许只是试探我。一个没办法接受朋友背叛的人,却在那个背叛他的朋友一番花言巧语之下重拾了对他的信任,理由是如今碰上个知根知底的朋友不容易。如果愿意,我们总可以找出许多理由来降低自己的底线,并且这些理由长得还很面善。可是,你会慢慢变成一个不再清晰地明白自己需要什么的人,你的底线与命运全部掌握在其他人手里,你唯一要祈祷的是碰到一个有点良心的上司、朋友与男友,不会将挑战你的底线当乐趣。

真正的底线,意味着"绝不",意味着不可更改,意味着没有"也许"与"或者"。让自己的底线一降再降,相当于没有底线。物价飞涨，人心不古，环境污染，爱情价高，如果不秉承"绝不"这一原则，永远有各种理由逼迫我们降低自己的底线。

并且真正的聪明人，不会轻易地暴露底线，他们所表现出来的底线，永远比自己真正的底线高那么一点。"如果你想得到100%，那么你最好提出200%的要求；如果你只提出100%的要求，那你最多能得到80%的满足。"这条商务谈判的铁律适合于任何人生谈判桌。

底线是一场勇敢者的游戏，往往将我们置之死地而后生。涅槃的痛苦与重生的快乐同样深重，因此许多人宁愿放弃底线，苟且于这个残酷的，却永远不忘记用那一点点温情吸引着我们的世界。放弃底线，重新得到的尽管已经不是我们想要的，但比起坚守底线，瞬间失去的苦，似乎要轻微那么一点点。然而，那是一种绵长无尽的苦，是一种不断堕落于看不到底的深渊的苦，是一种注定只能在人生中充当配角的钝刀切肉的苦。

底线不会让我们立刻快乐起来，却会让我们活得更有尊严，而在漫长的生命体验中，尊严是最终极的快乐。当你学会坚守底线，旁人才能学会止步于你的底线之前，做甘愿被你驯养的小狐狸或玫瑰花。当你学会坚守底线，青春临到尽头，蓦然回首之时,你的手里才不会握着一把十三不靠的烂牌。

　　坚守底线,你不一定得到了全部你想得到的,但你所得到的,一定不是你不想得到的。

姑娘,你为什么不撒娇

朋友向我吐槽结婚刚一年的太太,好吃懒做、无恶不作。

"当初眼瞎了,为什么娶她?"我调侃他。

"她正常的时候,还是很会撒娇的……"朋友高仓健式的脸上露出憨豆先生般的娇羞。

我心里默默说了一句"活该",走进电影院又不小心看了一部《撒娇的女人最好命》,闺密小 C 说,如果张慧不是周公子演的,这部电影得看吐多少人。

女人与男人的审美从来是不同的,放眼望去,我身边剩下的都是好姑娘,而那些我觉得肯定嫁不出去的姑娘们,都早早把自己安顿成了张太太、李太太、王太太。我心目中的好姑娘,善良、正直、独立、真实，而男人喜欢的姑娘，漂亮、温柔、会撒娇、小鸟依人。漂亮，可以化妆，温柔，可以装，撒娇，可以学，小鸟依人，也可以装，看出差距了吧，女人喜欢女人身上无法伪装的那一部分，而男人喜欢的，恰恰是女人身上可以伪装的那一部分。

从理论来说，搞定一个男人，让他爱上你，其实比搞定一个女人，让她喜欢上你容易多了；实际操作中，却有那么多女孩形单影只，就是无法好好谈场恋爱，因为她们不愿意"装"，或者说好听一点，学习吸引异性的技巧，在男人眼里，她们对于爱情的诚意不够。

所谓女汉子，最显著的特色是不装，我就是自己，干吗要装呢。可人在江湖走，哪能不挨刀？在生物学上，爱情不叫爱情，叫求偶。动物求偶时都是很"装"的，小心翼翼、投其所好，你爱强壮我就演强壮，你爱娇柔我就扮娇柔，为了基因的延续做一回演员有多大的事儿。

最终，依据本能行事，不善于思考的女孩，最先嫁出去了，她们身上传承了更多的动物属性，目标明确，为了结婚，为了搞定一个值得搞定的男人，投其所好这事儿不在话下。男人又不复杂，他们喜欢的无非就是以上所说的那4个要点，不过这事儿放到爱思考的姑娘身上，就难了。

首先，她们会发问，难道所有男人都这么浅薄吗？其次，她们还会故意跟自己过不去：这么浅薄的男人我才不要呢。于是她们在寻找一个特立独行、懂得欣赏她身上与众不同之处的男人这件事上消耗了大半的青春，剩下的一小半青春，又丢失在抱怨里。慢慢地，就成了一个拧巴的姑娘。

这个世界的残酷之处并不在于它的不可理喻，而是如果你那么喜欢跟它讲道理，它就会很拽地甩给你一个后脑勺。

会思考的女孩既把男人想得太复杂，又把爱情想得太复杂，她们甚至担心如果自己现在学会撒娇，成功地找到了另一半，结婚以后，人家发现自己是个女汉子怎么办。其实，婚姻需要女汉子，你只要不是真汉子，日子就可以过得行云流水，偶有雨雪。

谁在结婚前后不是两种样子呢？结婚前觉得他是个男子汉，结婚以后越来越觉得他是个男孩子，那些天天抱怨自己先生婚前婚后两个样的女子，日子照旧过下去了，并且还发明了一句话进行自我安慰：爱情与婚姻是两回事。

你不愿意像周公子饰演的张慧那样，为了谈场恋爱脱胎换骨，聘请大江南北撒娇天团的王后们教授自己撒娇秘方，原因有两个：一是你没有碰到心目中的恭志强；二是你没有像自己想象那样，迫切地需要恋爱与结婚。你希望世界在自己规定的方程式下运转，这跟女汉子其实已经没有关系，而是你对世界了解太浅。

对于我们是否要追逐某种思潮，唯一的判定标准在于它是否有助于你得到自己想要的生活。我们有权利选择任何事情，却没有权利因为一件事情太流行或者不流行而拒绝，更不必为了特立独行而放弃生活的捷径。

如果觉得女人撒娇就是向男权低头，就是讨好男士，这不是男女平等，而是男女对立。

革命是少数人的事，这方面，我特别崇拜李银河老师。她一方面是个战士，另外一方面却将个人生活安排得那样妥帖。

姐姐那么美

母亲打来电话,说姐姐回原来的单位上班了,并决定接受他人介绍的一个正经人家的男孩子谈婚论嫁。"这一次,她该安定下来了。"母亲长长舒了一口气。我看不到她的表情,亦不知她是欢喜还是担忧。"姐姐还是那么美吗?"我轻声问。"是啊,我倒希望她快些变老变丑。"母亲答得如此之快,仿佛这句话已经在她心里郁积了很久。

放下电话,仿佛看到姐姐皓月般的面庞。时光一路前行,回到我与她那些美好的、一切都还来得及的岁月。忽然非常非常想念她。我的美女姐姐,你经历了那么多坎坷与不幸,是否依然简单、乐观、旁若无人地活着?

从小我便知道你很美。与你一起出去,听到最多的话便是这小姑娘长得真水灵。倘若有人说起旁边这个是她妹妹,便又会有话——"姐儿俩长得可真不像。"尽管常常惊讶同样的父母能生出如此不同的女儿,我还是以你为荣。小学时,你是校花,我是校花的妹妹。常有刚刚知道内情的同学因此来跟我套近乎,说,嘿,原来你是某某某的妹妹啊。我的自豪是溢于言表的。

那时的你不仅漂亮而且品学兼优。从你身上,我看到了一朵鲜花绽放的过程。六年级的时候,你小小的、温柔的乳房忽然像莲一样蓬勃起来。你的衣柜抽屉里开始出现白棉布文胸和安尔乐卫生巾。放学回家的路上,很多男孩子向你吹口哨。你目不斜视,像公主走过列队欢迎的士兵。我则左顾右盼,心里衡量着这些男孩子哪一个才配得上我貌若天仙的姐姐。

你的人生在2005年秋天有了一个巨大的、苍茫的转折。总记得那个阳光明媚的下午,你安静地坐在院子里写作业,父亲忽然出现在门口,脸色铁青。他问你为什么数学考试只得了61分,你一声不吭,黑白分明的眼睛盯着不远处盛开的紫红色大丽花。忽然,你竟浅淡地、不易察觉地微笑了一下。父亲被激怒了,他宽大的手掌落在你白皙的脸上。你嘤嘤地哭起来,识时务地说："爸，我再也不敢了。"

晚上，我问你疼不疼。你摇头。忽然俯在我耳边小声说，我恋爱了。昏黄的灯光下，你的脸上出现了下午面对大丽花时神秘的微笑。很多年后我才知道，这种微笑叫幸福。

你说你注定会早恋，不是跟这个就是跟那个。追求你的人那么多，你又不是圣女。你对于自己走过的每一步都有一个合理的解释，所以你从不用无谓的后悔与挣扎来难为自己。

只是姐姐，你怎可以在那样年轻的时候便对爱情有着那样的勇往直前。

你爱上了学校最顽劣的男生，他比你高两个年级，像黑社会老大一样拥有一批马仔或者叫粉丝。每天放学，他率众站在门口迎接你，当全校最貌美的女生走出来时，一群男孩子跨在自行车上向你行注目礼成了本校最为著名的风景，旁边学校的学生甚至慕名前来观看。你在众目睽睽之下轻盈地跳上他的自行车后座，一群人浩浩荡荡向前骑去，在明媚的春光中，大声唱着"冷暖哪可休，回头多少个秋"。

父亲打了你很多次。某天晚上，我被你的拥抱惊醒，你说要离家出走。"去哪儿呢？"我问。"去青岛。他有亲戚在那边。我不想读书了。"青岛，那个仅仅出现在梦里、有着红色屋顶与蓝色大海的城市。我们肩并肩平躺在床上，睁着眼睛直到天亮。我不知你在想什么，我在想如果上天赐给我你那样的美貌与勇气，我也不要每天起早贪黑地去上学。

早晨，你对母亲说要早自习，背着大大的书包走了。我目送你的背影远去，心里酸酸的，有离别的愁绪。这一年你16岁，如花似玉，身上带着少女的清香，背着简单的行囊跟你爱的男生浪迹天涯去了。

三天后，你的照片出现在市电视台寻人节目中。母亲每天以泪洗面，不停重复着"漂亮是祸水"这句话。一周后，他的亲戚把你们送了回来。十天后，他因为打群架误伤他人而被捕。三个月后，他被判刑五年。

你继续读书，身边换了一批又一批的追求者。每隔半年，你去劳改农场看他一次，带白沙烟和煮茶叶蛋。你走马灯似的换男朋友，他们为你争风吃醋甚至打群架。

高中毕业后你参加高考，却每门功课都在开考后45分钟便交卷。这成了那年本市高考的传奇。你穿一套淡蓝色的衣服，裁剪得体显出修长完美的身材。头发在半年前烫过，现在只剩下蓬蓬松松的一点卷曲。你步履轻盈地走在寂静无声的校园中，饶有兴致地探头查看每扇窗户里那些奋力拼搏的莘莘学子。

后来我无数次对你说,你其实应该进军娱乐圈。你哈哈大笑,说,你看我像那种有志气的人吗?

或许你自己是清楚的,美丽女生不用为生计发愁。尽管只拿到了高中毕业证,你却很快成了全市最好宾馆的服务员。你开始在外面租房子住,与一位对你很好的男生同居。半夜里你故意撒娇吵着饿,他便爬起来把楼下小卖部的门敲得惊天动地。你的邻居经常看到他背着你上楼,你的高跟鞋挂在脚趾上,风情万种、摇曳生姿。

我问你是否会嫁给他。你笑,说我好花心的哦。目睹你一次又一次的恋爱,我没有见到你为哪个男生而痛哭流涕,你始终保持着美女的优雅,淡然面对经过生命的男人。你说红颜薄命、美女薄情时脸上没有一丝哀伤。

那个周末的黄昏,你如平常一样洗碗扫地,然后在脸上扑了淡淡的香粉,你说我去外面走走。天黑后你才回来,眼睛亮得像山村的星星一样。你说我遇到他了,他出狱了。

你从没说过你一直等的人还是他。然而这次邂逅后,你迅速断绝了其他所有恋情。你对父亲说,我要跟他结婚。父亲说如果你想跟一个进过监狱的人结婚,以后就再也不要进这个家门了。你默默将衣柜里的衣服收进一只大塑料袋。

不久，我去外地读大学。无数次想起你，给我带来过无数荣耀的美丽姐姐。你曾经让小城的街道风起云涌，让父母为你操碎了心，而今，你与最初相遇的男人在一起，幸福吗？

问你，你总简短地说，我很好。偶尔，我们视频，他会在你身后，对着视频镜头做各种鬼脸。我向你抱怨很多，恋爱的烦恼，食堂饭菜里的苍蝇，同学中格格不入的某些事，讲课像念经的老师，甚至这火炉城市日益严重的污染都让我操碎了心。你笑，然后说，你是书读多了自寻烦恼呢。

2010年，你忽然从我的生活中消失，像掉进了一个时空黑洞。中间缺失的记忆是在2012年底你重新出现后陆陆续续补上的。

在2010年柳树发芽的季节，他又一次因酒后争执误伤他人，你毅然丢掉工作与他开始了漫长的逃亡生活。你们去了东莞附近的一个小县城，他在家具厂做保安，你因为怀孕在家休息。你们不敢与任何人联络，过着提心吊胆的日子，唯一能够安抚你的便是腹中慢慢长大的孩子。你的皮肤在南方潮湿的气候中变得更加水润光滑，怀孕不仅没有损害你的容颜反倒让你的脸蛋丰腴白里透红，人们说你肚子里的胎儿一定是个与妈妈一样漂亮的女儿。

你每天买菜做饭,与邻居聊天,然后挺着大肚子去楼下接他下班。你以为生活就这样一路平坦地行驶到地老天荒,直到他浑身鲜血地倒在你怀中。他在你怀中咽气时说的最后一句话是"你的命真苦"。因为过度惊吓,孩子流产了。

你在医院里给我打电话,说老妹,来看看我吧……听筒里一片嘈杂的人声车声,而你哽咽难言的呼吸盖过了世间一切喧哗,打击着我的耳鼓。我那乐天的美女姐姐,你,终于哭了么?

在开往广州的火车上,我不断重复一个梦境,你容颜已老,身形悲怆。

你身体康复后决定留在东莞做生意,你说他的灵魂一个人在异乡会非常孤单。我说他是个坏蛋,你笑,说坏蛋也有资格被爱。你始终说他善良勇敢,是真正的男人,或许吧,一个最终不知因何惨死的男人用短暂而传奇的一生照亮着你从少女到青春的路。

你用细长的手指蒙住了我的嘴,手上带着生姜、小葱及洗碗剂混合的香气。你不喜欢我说这些,你说过去的事情就不要再提。

离开广东的最后一个下午,我们看《阳光灿烂的日子》。我说你就是米兰,曾经是无数马晓军青春期的女王,最终不知散落何方。你忽然掩面而泣，肩膀抽搐着，仿佛压抑着无尽的悲苦，只是当你重新抬起头，眼睛依然清澈如水，黑白分明。

　　我曾经问你是否后悔。你说没什么可后悔的。

　　上帝没有给你智慧却给了你乐观。有时候，对于人生来说，或许乐观比智慧更重要。都说美人迟暮是世上最惨的事，然而，倘若能豁达如你，怀揣一颗卑微、平凡、易满足的心，即使容颜不再时也终会发现生命中其他值得珍惜的美好吧。

　　只是，作为你的不漂亮的妹妹，我的心总藏着一些小小的希望，希望美丽给你带来的不仅仅是跌宕起伏，希望有一天，你也可以用美貌使人生变得更加平坦。

　　在写作此文的过程中，看到你上 QQ，我问你回到家乡是否适应。你打过一个笑脸，说自己的家，有什么不适应呀。

　　"如果再让你选一次，你还愿意这么美吗？"我问。

　　"我还是愿意把这样的人生再过一次。一个人，应该热爱自己短暂生命的每一天。"看到你的话，我的眼睛忽然湿润，就凭这句话，我依然敬佩你，无论你的生活在旁人眼里多么不堪，你爱自己当下的状态，这样，已经足够。

生活没有为你安排捷径

陶小路是个好学生,从小学到大学都是,德智体美全面发展,学校样样活动都没有落下她。

没有出国留学,是她心头的一根刺。她那么努力,却终究还是败给了生活,如果她的父母能有钱一点……每次想到这里,她都狠狠拍一下自己的大腿,故作若无其事地去看一部外文原版电影。她不允许自己脆弱,哪怕不小心表露的脆弱也不行,她必须是人人羡慕的陶小路,过去是,现在是,未来也是。

毕业的时候,陶小路应聘过外企,因为没有留学背景,总被用人单位甩在备用栏,她受不了这个委屈,转而将目光投向大型国企。

国企第一年，在各相关部门做实习生。那是相对轻松的一年。实习生在每个部门待一两个月，新鲜感还没过，就走了，何况陶小路是个长得不错的姑娘，话不多，显得安静又沉稳，不止一个领导对她说，你实习过后来我们部门吧。

陶小路坚信，按照自己的学历与专业能力，理所当然应该分配到公司财务部。

最后两个月的实习，她恰好也是在公司财务部，带她实习的人，她称他为黄老师。黄老师四十多岁，名校毕业，工作严谨，业务能力无可挑剔，但他性格内向，连财务总监跟他说话，他都不看人家。对于业务方面的事，黄老师对陶小路是知无不言，言无不尽，业务之外的事，他却一个字都不说。陶小路像生活在真空一样，直到别的实习生告诉她，财务部已经内定了肖刚。肖刚的父母在银行工作，本科的学校很渣，后来去美国读研，那所大学的名字无比高大上，因此十分像野鸡大学。

黄老师说肖刚，连原始凭证跟记账凭证都分不清楚。

"最后谁会留在财务部，您知道吗？"陶小路忍不住向黄老师求证。

"肯定不是你。这么多年来，我带的实习生，没一个留在财务部的。"黄老师冲她咧嘴一笑，露出被烟草熏黄的牙齿。

"老黄跟总监关系那么差,把你分给他,已经说明了一切。大家都看清了,只有你还做梦呢。"王妮一边吹着刚涂好的指甲油,一边说。在所有实习生中,陶小路与王妮关系最好。王妮属于那种心大的女孩,出生于城市小康家庭,从小没受过什么苦,父母对她也没有过高期望,只愿她快快乐乐长大,自食其力。

"我考试基本没进过前十名,不过,也没掉下过前 20 名。"陶小路觉得王妮的人生太苍白了,这样的女孩,在中学时代,是存在感最低的一种。

最后半个月,许多人为了留在自己期待的部门而请客、送礼、找关系。陶小路从始至终,没有想过去财务部之外的任何部门,所以她决定自己去找部长。

陶小路准备了比手里的礼物更多的理由,抱着不达目的绝不罢休的志气,敲开了部长家的门。部长满脸热情,然而说来说去,还是一个意思,就是:"你很好,但这件事不归我管,用人是上面决定的。"陶小路满身的力气不知道往哪儿使,牙一咬,问:"那您能不能帮我指条路,这事儿我去找谁有用?"

部长愣了,没想到这个外表柔弱的姑娘有如此强大的韧劲儿,然而他很快恢复了镇定自如。"每个部门对人才的需要都是综合性的,由领导来选择你,比你选择领导靠谱。"陶小路悻悻而归,白白损失了半个月薪水买礼物。

回到住处,陶小路向王妮诉苦,王妮崇拜地看着她,说你太牛了,胆子那么大,我看你连总经理都敢找。说者无心,听者有意,陶小路真的给总经理、董事长各写了一封长信,于是有一天,部长把陶小路叫到办公室,阴沉着脸,拍拍桌上厚厚的一摞纸,说:"实习结束后,你先在财务部干一段时间试试。"

肖刚与陶小路一起被留在了财务部,不同的是,肖刚在部长办公室,陶小路依然与黄老师一间办公室。

"我能不能换一个师傅。"当她向部长提议,部长说,年轻人不要光顾着提要求。

王妮分在工会,陶小路眼中最无聊的部门。

"我吧,能进这个单位已经烧高香了,分到什么部门无所谓。"王妮说。

王妮的工作轻松,几乎每天按时下班,陶小路却经常加班,常常是王妮把饭菜做好,已经吃完了,陶小路还没回来。

日子一天天过去,陶小路有时也羡慕王妮,人活得轻松,很少跟谁比较。然而心态这件事,不是你说平和就能平和,陶小路就是做不到不跟别人比较,从小到大,她都习惯了做最优秀的。

那天，陶小路加班回来差不多八点钟了，桌上摆着四个菜，有她最喜欢的烧排骨，她拎起一块放进嘴里。王妮袅袅婷婷地跑过来说："哎呀，要热一下。"她的身后，站着肖刚。陶小路的嘴里塞着排骨，说不出话来，狐疑的眼神在王妮与肖刚两个人身上探照灯似的逡巡。"干什么？"王妮笑了，"我男朋友肖刚，你又不是没见过。"

陶小路心想，我见过肖刚，但没见过你男朋友肖刚。

陶小路已经对业务滚瓜烂熟的时候，肖刚依然分不清原始凭证与记账凭证。不过，似乎他也不需要分清这些，他只要能喝酒、吃饭，兼保佑自己的妈妈爸爸身体健康，工作顺利就够了。

他这样的人，陶小路是瞧不起的，连带着也有些瞧不起王妮。

王妮由给陶小路一个人做饭，变成了给肖刚与陶小路两个人做饭。她的厨艺日渐精湛，人也变漂亮了，有时候在下班前半个小时就溜去菜场买菜。

"女孩子，那么辛苦干什么啊？！"王妮一边用面疱针帮陶小路挤青春痘，一边说。

年底，应对审计查账的任务落在老黄与陶小路身上。陶小路连续加班三个星期，大姨妈都推迟了，不过，让她感到非常开心的是，部长到他们办公室的次数明显多起来，与老黄打声招呼以后，就跑到陶小路身后站着，监考老师似的看她做账。"你这个徒弟带得不错，看她做账是一种享受。"老黄像没听到一样，待部长走了，回头看到陶小路激动得涨红了脸。

"用得着你的时候当然要夸你两句，但千万别因此就觉得领导想怎么重用你。"听完老黄的话，陶小路的脸更红了。

年底评出的优秀员工，肖刚资历最浅，却无可争议，因为他帮公司搞到了一笔巨额贷款。

拿到奖金，肖刚点了海底捞的外卖，送到王妮与陶小路的住处。

酒过三巡，陶小路举起酒杯，与肖刚的碰了一下，"别以为你有什么了不起，不过是有个能干的老子。"

肖刚反唇相讥："你也别以为你有什么了不起，中国什么都缺，就是不缺会做账的会计。"

"不管缺不缺，好歹这是我自己学来的本事。"陶小路已有几分醉意，索性不顾体面，拍着桌子对肖刚说，"你这么大了，还一天到晚靠父母算什么事儿？"

"如果你有跟我一样的父母,你能坚定地不依靠他们,再来跟我叫板!"肖刚恨恨地扔下筷子,摔门而去。

陶小路头疼得厉害,蒙起被子睡着了,梦见自己变成唐朝公主,来来往往都是求她办事的。醒来,天已大亮,手机上有母亲的两个未接来电,她把手机扔在一边,回想起肖刚临走时说的那句话。

早饭摆在桌上,清粥一碗配了半个油黄咸鸭蛋。"这么幸福!"陶小路大大咧咧地坐在桌前,假装忘了昨天的失态。

"幸福不了几天了,我春节过完就搬走,准备结婚。"王妮轻声说。

陶小路喝一口粥,心里舍不得王妮,嘴上却说:"没用的老娘儿们,读这么多年书,找个好工作就是为了嫁人。"王妮也不恼,似乎还仔细想了想,才认可地说道:"像我这种没什么上进心的人,读书、找工作还真的像上相亲网一样,为的就是一个找老公的好平台。"

陶小路闷头把一碗粥喝完,叹了口气,似乎为王妮,又像是为自己。

工作三年多,她才逐渐接受这样一个事实,人生的路错综复杂,与读书最大的差异是有捷径可走。对于像她这样习惯了与生活死磕，不善于寻找捷径的人来说，必须同时拥有博大的胸怀——认真去做一件事情所带来的快感就是这件事本身的回报。

从前的日色慢

第一次见她,是在咖啡馆举办的亲子花艺活动上。她带着一个五六岁的男孩,男孩非常健谈,用很大的声音告诉大家,我爸妈离婚了。她微笑着、无奈地看着自己的儿子,没有责备更没有发怒。

她平凡的外表下面,有一颗强大的内心,我们就此相识。此后每次见面,我都打趣地问她,儿子还逢人就说我爸妈离婚吗,起初她答,是啊,他还那样,好像这是一件光荣的事;后来变成了不怎么说了,他开始明白这件事可能不那么好。

当儿子开始意识到这件事不那么好,她才开口告诉他,这件事其实也没什么不好。

后来，儿子考取了外校，那所学校在本地的录取比例是千里挑一。儿子住校，她就有了许多空闲时光，往咖啡馆跑得次数也多了。起初喝咖啡的时候用小勺舀，当听说咖啡要端起杯子，大口喝时，她也开始像咖啡虫一样，趁热几口将咖啡喝完，然后得意地将空杯子拿给我看。

她是我心目中特别受欢迎的那一类咖啡馆客人，无论坐在哪张桌子前，那个角落的时光便自然而然地慢下来。

她也的确是一个特别慢热的人。曾经谈过恋爱的人，不是老同学就是老同事，甚至连她的前夫，都是她的前同事。虽然这样并不能够保证白头偕老，于她却是一种极有安全的感觉，离婚后很长一段时间，前夫遇到不开心的事情，还是会第一时间打电话给她。

"最近在相亲，忽然觉得时代已经变了，大家都走得太快，没人有耐心等我这个慢吞吞的人。"她说起一个在相亲时有点感觉的人，相处不到两个月，男人数次跟她提出上床的要求。"我并不是一个保守的人，就是在感觉上，还没有到那一步。"可惜，像她这个年龄的男女，似乎都没有时间与耐心好好地谈一场恋爱。

她在一个相亲网站办了VIP，自己想慢下来都不可以，网站不断给她安排相亲,并且鼓励她升级为超级 VIP,说在那个群体中,有更多优秀的男士。大约有半年,她都处于焦虑之中。不断地与男人见面,不断被问及各种隐私,不断被第一次见面就要拥抱、接吻,甚至开房的男士惊吓。

临近元旦的某一天,她围着一条大红色的围巾来咖啡馆,看上去气色很好。我问她是不是个人问题解决了,她笑,说算是吧。主要是我想通了,我只能是我自己,赶不上现在的潮流,就算一辈子一个人,也没什么。

我陪她喝了一点小酒,夸赞她那条漂亮的红围巾。她特别抱歉地说:"如果不是围得有点旧了,我就送给你。"这句话如果别人说来,我或许觉得是客气,她说起来,却不由人不信。

她加了我的微信,但从来不说话,每每我去日渐荒芜的微博上发点什么,她却立刻欢喜地跟在后面评论,说我虽然知道这儿已经冷清,却还是喜欢。

偶尔想起她,我总有小小的心疼,真的不知道像她这样慢热的人,在如今的时代,还能不能碰到一位相知的人。

最近一次见她,她还是那样清瘦、白净,然而,橙色围巾上停驻的蜻蜓让我觉得那一天的她与往常不同。原来,一个相识十年的老同事,平时经常在一起聊天、吃饭、打羽毛球,相熟得不能再相熟，她却始终不知道他的婚姻在几年前就出了问题，直到最近，他搬到了她的小区，她才知道，他已经离婚半年多了。

"晚上，他安排女儿睡下后，就来我这儿坐坐。不冷的时候，我们也出去散散步。"

听着她的故事，看着她围巾上的蜻蜓，鼻腔里夏日夜来香的味道，将我带回到一座名为"从前"的花园。

花朵不想明日事

并不是每个阳光灿烂的春日,咖啡馆里都会有很多客人,相反,在天气最好的时节里,人们往往更热衷于户外运动。

如此的好天气,却必须待在小店里面,并没有多少客人登门,这是每个咖啡馆老板或老板娘心头的最痛。逢到这样的时候,甚至连书都看不进去,阳光那样好,躲在再好的书里,都是一种辜负。于是,有一家老板开始行动起来,爬上墙头,为墙上花槽里的五色梅松土、拔草,他在阳光下面挥动臂膀的影子,让整条巷子生动起来。于是第二家咖啡馆老板娘也行动起来,剪出一截截的麻绳,紧靠阳台的墙壁绑定了麻绳与小棍,将刚发芽不久的牵牛花,一枝枝地倚靠在绳子的一端。

我也走出阴暗的房间，开始侍弄院子里的蔷薇与金银花。那蔷薇与金银花都是有十几年树龄的老木，原本长在婆婆家老屋的院子里，后来婆婆搬进了楼房，封闭了阳台，种花不方便，它们便被遗弃了。我们去年回老家过年，大冷天的，去老宅挖了树根，千里迢迢地从贵州拖回湖北。

原本一直担心费这么大的力气，反倒弄死了它们，好在，春风一吹，一株金银花与两株蔷薇都像画布上被孩子甩上绿色一样，东一块西一块地在枝干与树根处发出许多的嫩芽。

偶尔，我几天没去咖啡馆，它们就变个样子，丝毫没有延承店主的低调风格，在算不得阳光充足的小院子里，高调而又疯狂地蓬勃生长，在月夜里，在阳光下，大声地唱着春天里的摇滚。

与植物在一起，可以静心。它们不为任何人而生长的恣意态度，让我即使在没有生意的好天气里，也觉得一切不过如此，只要还有阳光与水，只要每一年的春天都如期来临，其他的一切，不过是顺其自然，不喜不悲，不狂妄不烦恼。

适合咖啡馆的花草，讲究细密，既要细，又要密，像把一粒咖啡豆变成咖啡的过程，不断地细化，从颗粒到粉末，最后汇聚成一杯浓缩了无数咖啡粉末精华的海洋似的咖啡。

大片的花瓣与大片的绿叶放置在一间小小的咖啡馆里，就像用青花瓷的方形小碗装一大块红烧肉，时刻给人一种盛不下的感觉。只有细细碎碎的叶与花，跟谁也不抢，与谁也不争，才配得上小咖啡馆的安静以及形形色色店主们的出世，他们几乎个个怀揣一身的技艺，却偏偏选了一个让自己逐渐变得毫无远大志向的舒适的行当。

　　蔷薇花是咖啡馆的首选，叶小而疏，花小而密，冬天不怕冷，夏天不怕热。在热带，也有用三角梅代替蔷薇的咖啡馆。三角梅比蔷薇的花期长，几乎一年四季皆繁花似锦，然而正因如此，反倒没有了季节更替所带来的冲击与惊喜。所以，我还是最喜欢蔷薇，梦想中的咖啡馆，历经几代店主，蔷薇花一年年变老，却一年年繁盛，层层叠叠开出一堵春天的花墙。

　　只是，梦想终究是梦想。在租金一年一涨的时代里，一间在某个地址上存活10年的特色小咖啡馆已是少见，又何谈用20年的时间，去营造一堵古老的花墙，乃至用几十年的时间，制造一个有故事的咖啡馆？

　　我所能做的，也只是在一个悠闲春日里，在蔷薇花的周围，埋下牵牛花与格桑花的种子，等待它们发芽。

　　花朵不想明日事，急的只是我。

你为什么总对婚姻不满意

婚姻是个难题。无数人想要得到,得到的人却鲜少满意。

究竟怎样过下去才有意思,或者究竟怎样才能不觉漫长地过下去?

正如加西亚·马尔克斯借由小说主人公所表达的那样,身处婚姻中的人,不应该再去探究什么是幸福,而是要明白,稳定就是一切。

事实证明,与不爱相比,厌倦更容易成为问题。

"我已经不爱他了。"每一天,毛豆至少在心里对自己说五遍。

爱是明明白白,不爱却要经过反复求证。婚后第四年,毛豆的生活陷入了这种痛苦的求证，常常一件小事，便会引发她对于爱情的思考。段木说她想得太多，她觉得不是自己想得太多，而是对于爱或者不爱，段木从不关心。

段木只关心舒服，只要自己过得舒服。

一吃完晚饭，段木就斜靠在沙发上看手机新闻。"有8位地球人将作为第一批移民前往火星，不再返回地球……"段木念给毛豆听。毛豆将脏碗扔进水池，打开水龙头，"关我屁事？"她的话被封锁在哗哗的水声里。

恋爱谈了五年，自信感情深厚到可以在一起过一辈子，结婚才四年，就变了。

首先是段木变了，他身上很多东西都变得模糊不清，让人难以判断。他开始热衷于故意暴露自己的缺点，早晨起床不叠被子，晚上上床之前，把脱下来的衣服扔得满地都是。"单身的时候，你是一个爱整洁的人。"毛豆提醒他。"是啊，但如果结了婚的男人还自己收拾房间，好没面子。"段木嬉皮笑脸地说。

段木的听力也变差了。恋爱时，毛豆不小心哼一声，段木就会立刻奔过来，问她是不是生病了。如今毛豆大声说，我肚子疼，段木没听到。"你听到我说我肚子疼没？"毛豆走到段木面前又说了一遍。"大姨妈来了吗？"段木像从梦中惊醒似的抬起头。

毛豆让段木去医院查听力，段木说我的听力没问题。

后来毛豆在一本书上看到，大多数已婚男人听力都不好，因为如果把太太的每句话都听进去，他们会得神经病。她把那本书扔在一边，觉得太太这个职业好悲剧。

虽然时常处于遗忘的边缘，毛豆还是不能够否认自己爱过段木，爱得死去活来，愿意与他一起奔赴火星，永不回来，即使浩瀚的宇宙中只有他们两人也不寂寞。如果说爱情本身是一个宇宙的话，他们已经完成了一次只有两人的太空旅行。可惜，结婚后他们回到了地球，两个人的世界忽然就没有了，即使在房间里只有他们两人的时候，也没有了。

尽管毛豆永远在寻找"段木变了"的证据，以平衡自己的内心，却还是有一个声音告诉她，她自己也变了。

段木只会做三个菜：香芹豆干、小白菜、红烧排骨。毛豆加班，打电话回来让段木做饭，段木打开冰箱，发现冰箱里的菜都是自己不会做的，便去超市买菜。毛豆回家时，看见饭还没有做好，就责怪段木太慢。段木说冰箱里没菜，我去买菜要时间的。毛豆哗啦打开冰箱，展示那一冰箱菜，心里明知道是怎么回事，还是发脾气。

"那些菜我不会做，你又不是不知道。"

"我知道什么？你就不能学吗？你打算一辈子只做三个菜？"毛豆气得连饭都没吃。

毛豆的闺蜜小秋知道了这件事，说毛豆，你以前不是最爱吃段木做的菜，说吃一辈子也不烦？毛豆懒得说话，那时的这三个菜，怎么就那么好吃呢，百吃不厌。

生活过得特别无趣，连架都吵不起来。段木不跟毛豆吵架，每次要吵架的时候，他就说好吧，我错了，然后任凭毛豆再说什么，他都不说话，打死也不说。一次，毛豆被段木的沉默逼得要发疯，拉开窗户，说你再不跟我吵架，我就跳楼。段木跑过来拉毛豆，毛豆捶打段木，说你倒是跟我吵啊，吵啊，吵啊！

"不会。"段木憋出两个字。

"连架都不会吵，没用的男人。"毛豆说。

"谈恋爱的时候，你也没规定我非要跟你吵架啊！"段木委屈得不行。

毛豆的气一下子消了一半，想笑。她就是不喜欢生活每一天都一样，如果一定要过每一天都一样的生活，还不如吵一架呢。

段木对于过日子的不用心,让毛豆觉得他不是想要一个爱人,一个充满爱的家,而仅仅满足于有一段婚姻,有一个女人。爱情对他来说只是一段经历,只要曾经拥有,不在乎天长地久。

同样的婚姻,毛豆所享受到的,远远没有段木所享受的多,这是很令人气馁的。

差不多有一个星期,毛豆没怎么答理段木,不为什么,就是不想理。

段木好像也没有发现这个问题,有必须讲的话时,还是对毛豆讲,说完,也去忙自己的事情。毛豆默默记在心里,如果自己不说话,段木一天会在家里说多少句话,算来算去,不超过十句。到了第七天,段木说:"要不要看场电影?"两人去看电影,电影偏偏特别不好看,段木坐在毛豆旁边,不断打哈欠。毛豆既烦电影不好看,又烦身边这个打哈欠的男人,没等散场就走了。段木跟在她后面,两人顺着静悄悄的散场通道出来,像两尾缺氧的鱼。

段木将手搭在毛豆的肩膀上,不小心压疼了毛豆的披肩长发,毛豆叫了一声,甩开段木的手。段木讪笑道:"看来男人都有江郎才尽的一天。"

在讨好太太方面，段木的确觉得自己江郎才尽了。太太以前说过的话都不算数了。以前，她说只要能跟你在一起，天天看着你，我就开心，如今，自己每天下班尽量回家让太太看着，她却越看越烦。

段木不明白毛豆所说的婚姻的新鲜感是什么。在他看来，在婚姻中找寻新鲜感是徒劳的。想要新鲜感就不能结婚，可是，女人一方面需要新鲜感，另外一方面却那么渴望结婚，这或者就是她们经常在婚姻中感觉不幸福的根源所在。

晚上，段木做饭，除了老三样，还炸了一份花生米。

"我今天做了个新菜给你吃。"段木说。毛豆面无表情，段木自己拣了一粒花生米丢在嘴里，得意地哼哼了两声。"每天学做一个新菜炒给你吃，虽然理论上是可能的，但如果我真做了，你很快也会觉得没意思。你要是自己扛不住婚姻的厌倦感，我把你的胃口吊得越高，到最后是害了你。"

"你呢，你怎么克服厌倦？"毛豆提起了一点精神。

"我对婚姻要求没那么高。我每天看新闻，觉得这个世界特别有意思。"

毛豆终于明白，为什么有人说男人每天早晨刷微博的感觉像皇帝早朝批奏折一样。

爱是两个人的事，克服厌倦感却是一个人的事，而婚姻最大的敌人并不是不爱，而是厌倦。相信爱，却不要相信爱无所不能，无处不在，毛豆决定自己找点乐子，去玩玩恋爱前经常玩的电脑小游戏。

人生的意义在于毫无意义，爱情的意义在于意犹未尽，而婚姻的意义，就是告诉你坚持有多难得。

庆幸的是，我们心中都曾经住过一个黄蓉

谈论人生是如何走到今天这个话题，有时候比谈论宇宙的起源或1加1为什么等于2还要困难。

相识多年的朋友，偶尔凑在一起月下闲谈，发现彼此的想法竟然离得很远，而正是那些离得很远的想法，决定了后来不一样的选择。那是第一次，我发现在自己从青春到成年的路上，始终站着一本书，一本我以为不过是年少时读过的许多本书中的一本，会随着岁月慢慢消失在雾一样的路途中的书。

我的那本书叫《射雕英雄传》。读完它的时候，正是初三。我同桌的男生也是射雕迷，时常对我行拱手礼，曰：黄姑娘，我却从不称他为郭大侠。除却同样的木讷，他身上没有一丝郭

靖的样子。然而，正如我虽然没有一个叫黄老邪的爹，却将自己幻化为了黄蓉，他也毫不犹豫地将与郭靖不沾半毫的自己幻化为郭靖。

我们同时不可救药地将情窦初开理解成了虐待与受虐。他心甘情愿地承受我使出全身力气，捶在他背上的拳头，而我则享受他疼得龇牙咧嘴之后，竖起大拇指，说出的那句"姑娘好功夫"。甚至，我央求父亲在我的房间绑了一只沙袋，将青春的荷尔蒙化为汗水，撒在上面。

后来，我们各奔东西。《射雕英雄传》被当作一本看过的书，放置在书架的最顶端。

我大步走入青春，一直将刁蛮错觉为可爱，并且成功吸引了那些容易爱上"与众不同"的女生的男生。最终，他们发现自己还是更愿意与路人甲去吃火锅，于是我的生命里有了王靖、李靖、陈靖，却始终没有一个郭靖。

大学毕业时，我与最后一位学生恋人分手了。分手那天，他痛心疾首地看着人行道绿色的菱形花砖上，被我用脚一粒粒踩碎的葡萄。说："你知道吗，你生气时的样子，像鬼一样。"我扬长而去，留下他一个人，在清洁大妈的监督下，收拾那一地的烂葡萄。

九月的风，挤过发丝的间隙，与那恣意的、火热的夏天道别。

那是最后一次，我像黄蓉一样去爱。不知是"像鬼一样"的临别赠言触动了我理智的钟摆，还是人生的季节已经从随心所欲，转到了随波逐流。

只是，在内心深处，依然住着一个小小的黄蓉。打动我心的爱情，不是钻戒华服，而是在自己明知的刁蛮无理之时，对方面带微笑的那一丝无可忍却必须忍。

耍小脾气、抖小机灵，女孩做起来总是养眼，妇人做起来，往往可恶。而所谓爱，是必有这样一股勇气的——视对方的可恶为可爱。

参与月下闲谈的另一位朋友，记忆深处的那本书叫《撒哈拉的故事》，三毛与荷西所成就的是她眼中最明丽的爱情。很长一段时间，落魄的诗人、蓄络腮胡的流浪歌手、身形高大的独行客是她的爱情男主。

她长得娇小可人，喜欢穿长裙与带流苏的上衣，每天化妆，并且要花至少十分钟，把及腰的长发，细细梳理一遍，倘若要将它们编成辫子，那就是等在门外的急性子男生的噩梦了。这种繁复的生活习性，根本不适合生活在撒哈拉，甚至不利于在路上，除非她能像18世纪的贵妇一样，随时携带两只小木屋似的箱子。

多年来,她在三毛似的爱情中马不停蹄地沉醉与受伤。能够带给我们最深刻享受的爱情,也将带给我们最难忘的痛苦,如果从这个角度来看,她的每一场恋爱都是真爱。

直到有真相洁癖的一群人,除了在春晚后打了鸡血似的揭秘刘谦,还顺手牵羊地揭秘出三毛撒哈拉背后的故事。援引邻居知情人的话说,三毛与荷西根本不像书中所写那样好,三毛经常发脾气,刁蛮任性,他们时常吵架,荷西甚至打过三毛……

原来,三毛的心里也住着一个黄蓉,我阴险地笑了,我的朋友却彻底抓狂,仿佛一直以来支撑着她寻找真爱的那根柱子,被人在暴风雨的夜里,悄无声息地放倒了。

后来,她老老实实找了一位 IT 男结婚。过上了不是她最想过却又找不出任何理由不去过的生活。IT 男送给她一个内存庞大的移动硬盘,里面满满地塞着美剧日剧韩剧,以满足她巨大的浪漫需求。

有时候,她浪迹天涯的爱情梦忽然像春天的野草顶破岩石一样顽固起来,于是在她的一再要求下,他们去埃及,去马尔代夫,去肯尼亚。异乡的夜晚格外漫长,她对 IT 男说,好无聊。

"人生如同钟摆,在痛苦和无聊之间摆来摆去。自人们把痛苦和折磨变成地狱之后,留给天堂的就只有无聊了。"IT男答。

在天堂里的人,没有权利抱怨生活。

她深深记住了这句话,虽然一次意外的网页浏览中,她发现这句话的原创者是叔本华。

究竟是我们不小心碰到了那本书,还是那本书选择了我们?答案并不唯一。任何一个错过,都可能改写一本书在我们生命中的价值,正如任何一个夏天,都可能是命运的拐弯。

一度,热爱琼瑶小说的女青年是男青年的噩梦,喜欢亦舒师太的女孩又因为过分追求物质上坚强与独立,而辜负了自己先天具备的那颗柔弱多情的心。

月下闲谈的第三位参与者,生命中的那本书是毛姆的《刀锋》。

一个女孩,能够在十几、二十岁遇到并且读懂这本书,于世俗生活来说,不能不说是一种幸运,而于爱情本身来说,却又可称是一种莫大的不幸,虽然我们总以为爱情是为生活服务,却往往忽略了更多的时候,爱情是与生活作对。

但凡爱情至上的人,几乎都将自己的生活搞得一团糟。当他们终于静下心来，可以好好过日子时，却发现爱情早已像年少时的那本书一样，被放置在书架的最高处，表面上与我们的关联十分密切，却已经很少被翻阅。

在《刀锋》中寻找爱情课本的她，一度冷静的让大家觉得不可思议。她不是像我们一样伸出四只手去拥抱爱情，而总是避免让自己陷入爱情。

当她发现自己的夜晚被某位男士占据，便会毫不犹豫地将他清理出去。难得的是，她总能说到做到，并且，正如真正的美女从不自知其美，她这样一位天赋异禀的女孩，也从不觉得自己特别。她甚至认为每个人都能做到这件事，而那些从来做不到的人，不是不理智，也不是太有爱，而是不自信，她们需要用爱情证明自己，而她不需要。她只需要用自己来证明自己——而自己，就是她在这个世界上最爱的人。

自我折磨是爱情的春药。一个无比珍爱自己的女人，通常很难陷入爱情，能够让她陷入的，是理想的生活，谁提供了这样的生活，就是她的选择。

"大多数人在恋爱的时候会想出各种理由说服自己，认为照自己的意旨行事是唯一合理的举动。我想不幸的婚姻那么多，就是这个原因。"她喜欢引述《刀锋》里的这句话，来评论那些婚前爱得要死要活，婚后吵得天崩地裂的男女。

她不深深陷入，所以她只走正确的路。

正如天堂时常无聊，正确的路也是如此。

当我们饱经沧桑，她的生活安宁富足，某些方面纯洁得像个孩子。

生活让每个人书架的最上层，有一本不同的书。青春年少时，它曾经指引我们，寻找书里所描绘的爱情。

一项调查说明，有70%的人，伴侣并非她们一开始所设想的那一类人。如果做另外一个调查，恐怕会有超过70%的人，最终过上的，不是自己青春年少时所向往的那本书里的生活。

书架顶端的那本书上，指纹带着四月青草的味道。如果每个人就是一颗星，每一颗星的轨迹，都是闪亮的，它们最终抵达的，是同一个地方。

历史是个人的，星空由每一颗星星组成，虽然最终，大多数人没有过上自己想象的生活，然而那些充满向往的日子，却是个人编年史中，值得书写的素材。

PART 3

对失败的定义区分了
世间大多数人

人通过不断努力而拥有的东西，一旦成为负累，无论多么好，都不再使人快乐。放弃它们的过程就是重新找回自我的过程。太多人想找回自我，然而如果代价是让你放弃之前几十年努力得来的东西，他们最终还是会选择在没有自我的日子里混日子。

什么年龄该认输

年龄的增长,会不知不觉地让一个人显露刻薄,这刻薄里却并无恶意,类似一种倚老卖老的"小样儿,到时你就明白了",或者干脆像朔爷那样公开宣称:"唯一让我感到欣慰的是,你也不会年轻很久。"

过了 30 岁,我对于那些说 30 岁就认输或 30 岁也不认输的"年轻人"总是忍不住带有几分这样的刻薄。我是一个对年龄特别不敏感的人,从没有给自己设置过任何年龄限制。年龄这东西,除了在某些极限运动或者爱情(主要指生育)里面的确起到一条金线的作用,对于人生大多数事情,年龄其实不是问题,即使在最一本正经的大公司招聘里,"年龄 35 岁以下"

的要求下面，也常常跟着特殊人才可放宽限制，更何况是30岁，风华正茂，如果不是故意跟自己拧巴，基本上什么事情都可以重新开始的年龄。

我面前曾经坐着一个26岁的姑娘，她的目标是30岁以前找到自己喜欢的人与事，然后相伴一生。"如果30岁还没找到，我就认输，随便混了。"她的手指尖在茶杯的杯沿处一圈圈划过，仿佛那里面藏着一个慈悲的救世主，可以因为貌美如花的撒娇，而将一颗许愿星交在她手里。

我忍不住回想自己的30岁，如今我爱的人与事，都不是在这个年龄之前搞定的。我将自己最宝贵的年华浪费在一家暮气沉沉的国企里，但这丝毫没有妨碍我在30岁之后奔赴新生活的步伐。

即使到30岁也不认输，听上去像豪言壮语，好像是为了催促自己在30岁之前走得更快，然而你又怎么知道你是否是另外一种人，适合在30岁之前走得慢一点，积累足够的勇气，30岁之后迈出坚毅沉稳的步伐？

关于年龄的紧迫感，每个人都有。当你发现主管比自己年轻，风投（风险投资）开始青睐90后，在你出生那年创立的品牌，90%已经灰飞烟灭，剩下的无不在商标下面加一个

"Since××年"以显示与百年老店的近亲关系。然而,因为年龄的紧迫感,而给自己设置做某事的年龄上限,让我想起4岁的小女儿。每当她担心我不答应她某件事,就会说,如果你现在不答应我,以后我就再也不要了。

既是撒娇,更是因为没把握与怕输,所以要画一条年龄的金线为自己遮羞,无论这条金线画在30岁,还是40岁,所显示的都是你既放不下欲望,却又信心不足。

人在每一个年龄段都会放下一些东西,这样的放下与输赢无关,而是对自我需要更加具有自知之明。20岁的时候,我特别想要男朋友送我一条镂空花纹的围巾,当时在商场看到,价格不菲。30岁的时候,我鄙视一切镂空与蕾丝,深深为它们身上的廉价感震惊。我当然不会承认是因为我的身材再也无法穿着镂空黑背心与短得不能再短的红色热裤,挤在公共汽车里,享受身后男生的指指点点。生活不易,人干吗要跟自己过不去呢?如果有许多衣服你不再适合,应该欣喜若狂地觉得自己的品位果然随着岁月的积淀而突飞猛进。

能穿薄露透的时候,你在害羞;穿不了的时候,你在后悔,这是我心目中唯一可称为"输"掉的人生。人的一生,是在不断与自己做生意,无论什么年龄,我们都不能做赔本的买卖,当你决定放弃一件事，一定要拿出等量的得到来交换。放弃事业的奋斗，就要交换生活的安稳，在业余爱好中获得成就感；放弃爱情的追逐，就要交换一个人的清静、自足或者为婚姻而婚姻的现世安稳；即使在生命的最终，你终于对这个丰富多彩的世界放手，依然有永恒的安稳拿出来作交换。

对于一个忙着与上帝讨价还价的人来说，什么年龄应该认输，这真是个难题。

有时候,竭尽全力只是在浪费时光

我们总喜欢鼓励一个人去努力,尤其当我们自认为这种努力对他本人有好处的时候。

慢慢地,"努力"成了一种图腾,人们崇拜它,就像迷恋古诗中"柳暗花明又一村"的境界。

如果不那么努力,不在极度困难的事情上花费那么多时间,人生会如何?

一个人究竟应该在不足之处费尽功夫,以求达到正常水平,还是应该果断放弃不足以与人抗衡的短板,将长板发挥得更长?显然后者更为合理,然而许多时候,我们拼尽一生,只是为了让短板变得平常,于是,这个世界上又多了一个正常的人。

放弃是那么难，认输是那么难，被因此浪费的时光，我们通通称为宝贵的经验。

只是，你是否真的需要那么多宝贵经验？

我想我应该代表了很大一批 20 世纪 70 年代出生的人。成长于一个生活安逸的小城市，父母在同一家国企上班，就读于子弟小学，在初中一年级之前，唯一接触过的英语是大白兔糖纸上的"White Rabbit"。

我从第一节英语课就明白自己缺乏学习语言的天分，尽管努力记忆，回家放下书包，还是发现当天所学的单词，一个都不会读。望女成凤的父亲带我步行十多分钟去同学家请教单词的读法，四个单词中有一个是 Face，我至今记忆犹新。如今总有人怀念没有网络的时代，我想如果他们曾经被父母带去别的同学家请教过单词，一定会放下这种轻率的怀旧。

当一位邻家哥哥凭借一台小收录机，自学成才，考取某大学英语专业后，父亲的希望被重新点燃，为我买了一部与大哥哥用的一模一样的收录机。收录机在一定程度上帮助了我，却并没有让我一跃成为英语尖子生。无论多么努力，英语依旧是我的短板，我通常需要花费比英语优秀生多三倍的精力背单词，然后回家吃个饭的工夫就忘了一半。然而这显然不是智商问题，否则你无法解释我的数理化成绩为何可以遥遥领先,这甚至不是记忆力问题,否则也无法解释我能熟背历史书这件事。

临家哥哥一直是父亲激励或者"打击"我的武器。高三的第一天,当我发现他竟然成了我的英语老师时,我在心里默默念了三遍"快地震"。

眼前的那座山峰,你迷恋它,爱抚它,热爱它,每天与它拍照留念,却就是无法翻越,或许正是这种挫败感,使我较早懂得了个体面对庞大人生时的无力。一直到大学毕业,英语始终是我花费最多精力去学习,效果却最差的学科。

对于这件始终在努力,却不断在失败的事,我几乎没有向别人倾诉过什么。从小我们所受的教育就是"世上无难事,只要肯登攀",正如父亲一次又一次告诉我的,你学得不好,一定是因为你不努力。从理论上来说,这样的观点无懈可击。如果你不幸是一个特例,四处倾诉不一定能够获得理解,反倒有推诿之嫌。

渐渐地,我把人分成两种,一种是英文学得好的,一种是英文学不好的,这两种人,只有低级兼容高级,高级几乎不可能兼容低级。我读书的那个时代,英文好的人身上都有两种气息,一种是洋气,一种是牛气。记忆犹深的是大学英语老师,

4年时光，除了点名，他一个中文字都没跟我们说过，下课一溜儿烟似的没影了。听说他曾经向别的老师吐槽，说给我们上课是对牛弹琴。

工作以后，虽然鲜有机会使用英语，我学习英语的劲头还是不定期发作。单身的冬日百无聊赖，买了厚厚的一本英语背诵文选，每天跟着录音背美文。寒风在木格窗外焦躁地徘徊。我蜷在被窝里，为了保证自己的发音带着英国贵族的口音，一句句地跟读，高强度的脑力劳动，背一会儿人就困了，常常是已经睡着了，磁带还在孜孜不倦地试图向我灌输知识。

在英语考场上奋笔疾书；帮助外国友人找到失散多年的亲人；看原版电影，被机智幽默的台词逗得仰天大笑，我经常做这样的美梦。

沪江背单词、每天15分钟CNN、新东方、新航道的口语班，都试过，并不是一点儿进步都没有，至少出国旅游的时候，敢跟空姐要饮料了，然而却离我的梦境相去甚远。我认识的一位温州女士，没读过大学，就靠每天在家看美剧，两年后就去美国陪读了，还交了许多美国朋友。与我20年的英语学习血泪史相比，她根本不算是学英语，只是在娱乐过程中，顺便掌握了一门新语言。

有些问题，努力不一定可以解决，年龄却意外地帮助我们解决了。而解决的方式，并不是当初设想的攻克它，而变成绕过它，无视它。近年开咖啡馆，认识了许多英语达人甚至外国友人，我对英语这个女神慢慢释怀。会英语的中国人那么多，会中文的外国人也有那么多，我会不会说英语，其实根本没有那么重要。这种放下，究竟是自知时间宝贵，要将它们用在更需要的地方，还是终于与自己和解，承认想做与做好是两件事？或许两者都有。只是人生已去小半，倘若当初少一些心愿，大约时光也不至于浪费太多。

世间没有失败的爱情

回忆爱情总是美好的,即使曾经有过伤害。

如果当你回忆爱情时,没有美好,只有怨恨,那也不是爱情的错,甚至不是你爱错了人,而是你误解了爱情。

她坐在我对面,讲述美丽的爱情,时不时问我"是不是太冒险了",语气满满的忐忑。

在我身边,充满了这样害怕冒险的人。姑娘们过了20岁,就倾向于在非常爱却不稳定的男友与不反感且具备结婚条件的相亲对象中间选择后者。

按照马斯洛的需求层次理论,大多数中国男女青年的爱情观还停留在安全需求(Safety needs)层次,仅仅比找个异性暖被窝、生孩子的生理需求高出一级。用了这么多年,走了这么一小段路,你还好意思嘲笑自己的爷爷奶奶们第一次见面就洞房,第一次上床就怀孕?

整个社会的安全感缺失,折射在爱情上,是捕猎型选手充满整个爱情市场。每个人都在寻找心仪的猎物,而这个寻找过程,有着严格的程序化管理与标准化流程,与爱情的本质相悖。

爱情是随意的,见到一个人,除了性别,其他一概不知,却催产素过度分泌,兴奋得睡不着觉。一见钟情既不是异想天开,也不是耍流氓,而是爱情最美好的形式之一,导演宁浩甚至认为只有一见钟情才叫爱情。虽然拔高一见钟情可能有失偏颇,然而为了爱,我们的确可以不顾一切地完成一件过去没有勇气完成的事。学习钢琴,为了弹一首歌给他听;学习烘焙,为了做一个独一无二的生日蛋糕;减肥,为了轻盈地奔跑在探望他的路上;周游世界,为了心里藏着一个人,走遍万水千山。

如果你是一名捕猎者,以上纯属浪费表情,找到条件好的扑倒,然后一辈子吃喝不愁,除了偶尔闲愁,其他想法都是多余,可是这样的人生多么无聊?你一辈子只做了一件事:谋生,最终把自己搭进去成了谋生的诱饵。

韩剧总能让人哭得稀里哗啦,因为它让苦逼的捕猎者意外邂逅华丽丽的爱情，开始一场过山车式的冒险，时间一到，大家皆可全身而退，尽享荣华富贵。

戴着安全套的冒险是停留在为生存而择偶阶段的人们最喜欢的剧情，可惜剧集归剧集，生活是生活。生活中，当你奋不顾身地投入一场恋爱，背后永远不会站着善良的导演，为了收视率而迷恋大团圆。

倘若结果是衡量爱情的唯一标准，它不可避免就会成为我们不能承受的冒险。捕猎者们累觉不爱或丧失爱情能力的最大原因是认为冒险即吃亏，而从不考虑如果有一个人，使你产生了冒险的冲动，无论结婚与否，你的生活已经因此改变。

爱情什么时候不再恐怖？当我们将它看作是一场自我实现与自我超越的需要，而不仅仅是提供生活必需品的途径。

一位名叫 Jack Hyer 的美国男青年花费四年时间，周游26个国家，剪辑了一段求婚录影，送给他的女朋友 Rebecca。他说："我曾经经历过很多的冒险。我曾经骑在大象和骆驼的背上旅行，我曾经徒步到达过地球上最低洼的山谷，也攀爬过不少最高的山脉。但是，爱上了 Rebecca 才是我人生中最美的冒险经历。"

爱情给予 Jack 最重要的东西不是房子车子孩子，而是勇气，环游世界的勇气。无论求婚是否成功，冒险已经丰富了他的人生。

悲伤是爱情的一部分，残酷是美好的一部分，人生百味，我们都逃不掉。

表面上的为爱付出，其实是借了爱的翅膀飞翔，即使减肥这种听上去很低端的"事业"，你最终获得的健康与苗条也是谁都拿不走的。别指望谁给你安全，最高级别的安全感来自于自我价值的实现，即使失去爱情，我们也不会一无所有，因为在拥有它的日子，我们成就了更好的自己。

爱情并不负责为我们提供一张年老时安稳的床铺与尽职的看护，那是养老院的职权范围，它只为让我们经历不同的人、不同的事，找到过去从未正视的那个自我。如果你以这样的目的去爱，爱情又怎么会失败呢？那场华丽的冒险，我们身披兽皮，手拿弓箭，走过丛林，经过沙漠，懂得了马铃薯的一百种做法，懂得怎样去爱，懂得走出悲伤的捷径，冒险的乐趣从不在于结局，仅仅思考结局的人，是生活的苦行僧。

从未做过傻瓜的人，不足语人生

小咖啡馆装修的时候，待在那儿的总是一个老实巴交的男人，虽然看上去不过 30 岁，发际线却已经明显后移，向他询问装修的事，他总是热心相告，言无不尽。偶尔聊天，他说起这个小店是为帮助自己的女朋友完成梦想而开的，装修完毕会交由她打理，旁边一个女孩听了，羡慕地叫道，你女朋友真幸福，他腼腆地笑了，嘴角浮出几分自豪。

后来看到他的女朋友，长得古怪精灵，开业后帮她打杂的皆是她的七姑八姨。

起初，他时常来咖啡馆，帮女朋友干点粗活。女孩挑剔店里的装修，又攀比别家店装修更为漂亮，他一声不吭，甚至笑嘻嘻的。慢慢地，店里生意越来越好，他却来得越来越少，终于再也不见了。

不知他的嘴角是否还有自豪的笑。一个原本待在家里无事可干的女孩，因为他的帮助，而有了一方舞台，虽然一个不小心，她的今后与他无关了，然而他终究是她这场人生大戏的重要编剧之一。

当然，多半人在这样的时候是会气急败坏的。爱情终究没有办法，即使失去，也如夏日露天电影院中上演的一部文艺电影。

一位亲戚的孩子今年20岁，女朋友在老家。老家是小城市，女孩又高又瘦不爱读书但有一个模特梦。男孩来大城市上学后，手机里永远存着她的三围尺寸以及一些艺术照片，逢人便说："我要帮我女朋友在武汉找一份模特的工作。"

当他向我先生寻求帮助时，我先生毫不客气地对他说，只有二百五才会帮自己的女朋友去完成模特梦。

我暗暗赞同先生，却又忍不住喜欢那个20岁的男孩。他的爱尚未有得失之心，他的字典里尚存不遗余力的爱，以自己全部能力甚至不惜超出自己的能力，也要给对方她想要的整个世界。

当她的世界变得宽广与丰富，还会不会有他的容身之处？他不想这些的。

还有一位"二百五"女友，为帮先生完成赴德国留学的梦想，欠下一笔外债，不得不打三份工还钱。在身边朋友都告诫她这事儿不靠谱的时候，她如清高的女神般淡淡地笑，轻轻地飘过。第二年，男人在国外有了新恋情，她手里的结婚证换成了离婚证，女神摔在地上成了猪八戒，大家只好反过来安慰她：想想在一起时的好，想想他将来出人头地后，你是他的自传里不可忽略的一个章节，如同张幼仪之于徐志摩。她的神色愈发悲哀，却咬咬牙什么都没有说。

后来，她恋爱了，每次听到他的男友抱怨她似一只铁公鸡，斤斤计较得厉害，我都有开始这样一场谈话的冲动："原来的她啊，又愚蠢又可爱……"

爱情是白痴的世界，与精明的人相比，傻瓜可爱一百倍还不止。

视另一个人为自己全部的梦想，帮助他实现梦想，即使被踹也光荣的年月，虽然不完美的结局常常掩盖了过程之美，却是我们人生中最好的年月——你得到的还不那么多，所以并不担心失去；你即将得到的还有很多，所以并不害怕失去。

我们在爱情里，都是由傻瓜而一天天变得精明起来的，这个化学反应发生的催化剂是那些伤害过我们的人。

被重重地伤害过一次之后，心里会冒出这样的声音，从今往后，我再也不会做傻瓜了。这是一个悲哀的告别仪式，生活以强硬的态度改变了我们的柔软，由进化得来的避险基因经由岁月的风霜深深地刻上了我们的皮肤，伤口慢慢少了，快乐也慢慢地少了，不会再做傻瓜了，纯粹地爱一个人的感觉，也一去不返了。

先完成我的梦想，让别人在后面提鞋，与先帮助他完成梦想，宁愿我在后面找不着鞋，前者在优雅里透着面具般的虚伪，后者则在穷酸中自有一股朝日般的英雄气概。

从未做过傻瓜的人，不足语人生。

好好活着，总有希望遇见

Y 的故事满足了我对爱情的全部想象，集浪漫、美好、传奇为一身，兼具灰姑娘故事华丽丽的反世俗气质。

按照社会对于女性年龄的划分，Y 一不小心就晃到了"齐天大剩"的年龄。尽管她长得娇小，一派江南女子的清丽婉约，不显年龄，然而女人过了第三个本命年还没有结婚，如果不是坚定的不婚主义者，总是难免内心彷徨，不知道自己这辈子还能不能找到心仪的另一半。Y 当然不是坚定了要单身，只是不愿意凑合结婚，她已经放弃了那么多凑合的机会，就是为了有一场真正的爱情，到了这个时候再扛不住去凑合一场，真是对不起自己这些年的苦心坚持。

所以急归急，Y始终把自己安排得很好。努力工作，认真赚钱，一年一次出国旅游。22岁的时候，"在结婚前做更多的事"就是她的人生信条，没想到这个时间段一不小心拉得太长，到了37岁，似乎除结婚生孩子之外，该做的事情都做过了，连想去的国家都去过了。

一个人如果不结婚，可以多出很多时间，多做很多事情，生活丰富得几近厌烦，Y对此最有发言权。丰富归丰富，人们却总是对自己得到的不在乎，最终，她还是想结婚，36岁生日过后，尤其想。

37岁生日这天，Y几乎绝望了。她觉得如果注定自己这辈子不能像普通人那样结婚，就必须像不普通的人那样生活。什么样的生活不普通呢？她决定去一趟南极。

然后，童话故事于最不可能的地方拉开了序幕。在布宜诺斯艾利斯前往南极的邮轮上，她遇到了H。

H当年已经42岁，风流倜傥、事业有成、短婚无孩。令人惊讶的是,在这个由不同国籍游客组成的小小邮轮联合国里，Y与H来自同一个城市，他们的办公室仅仅隔着两个街区。

他们的身份证有着同样的开头数字，每天穿行于同样的街道，乘同一条线路的地铁，在同一家饭馆吃过饭，却不远万里，相识于去往南极的船上。

　　15天的南极之旅，他们热烈地爱着。冰原与企鹅，新世界的与世隔绝感，激起一对即将步入中年的男女身上全部的浪漫细胞。有时候，爱情更接近于一种心理暗示。离奇的相遇让他们相信这是一场久别重逢，否则同一个城市的人又为什么要穿越大半个地球相会？

　　不再年轻的男女忽然变得纯情，像流落于荒岛的少年。

　　回国转机的时候，H在机场买了一枚戒指，放在一块蛋糕上面，递给Y。Y仅仅迟疑了几秒钟，便接过那块蛋糕，然后假装抚摸自己的围巾，用左手紧紧按住海浪般起伏的胸口。

　　戒指的指圈小了。

　　"我的手没有那么细长，看来你还是美化我了。"她有些忧心。

　　"别担心。这把年纪，即使不为爱情负责，也要为自己的选择负责。"他假装轻描淡写。

　　婚礼上，她把那枚戒指拴了一条皮绳挂在胸口。婚礼现场的投影，没有婚纱照，全都是他们在南极拍摄的照片，每位来宾都惊叹自己竟然有幸见证这场比韩剧浪漫一百倍的爱情，尤其当这场爱情发生在一个黄金剩女身上。

"好好活着,总有希望遇见。"Y 的发言迎来热烈掌声,那些已被归为"剩女"的嘉宾掌声尤其热烈。

至此,王子与公主的故事应以一句"从此,他们过上了幸福的生活"作为收梢。

婚姻里,真正的小三是"后来"。

几经波折,Y 怀孕了,产检本上印着血红的印章:珍贵胎儿。各种喜悦、担忧、煎熬,孩子终于出生,却是一名先天心脏病患儿。经济实力雄厚的父母并没能够挽救自己的孩子,反倒让他平白多受了一些苦。8 个月差两天,小生命走了。

这时候,Y 已经 40 岁。H 安慰她,我们还会再有一个孩子,她却在心里明明白白地知道,自己不会再生孩子了。不是生不了,而是不去生。无论这场爱情多么甜蜜,无论这个婚姻对她来说多么重要,她都不会再为自己的人生冒险。病床上那个孤单的身躯,那个吃一次奶都是冒着生命危险的小生命,那颗最终在自己面前沉入无尽黑暗的星辰,是她这一生最大的劫难。

羡慕过她的人,如今又开始同情她。

原来,再美好的开端也不能阻止婚姻中总有一段黑暗的路。

Y 决心已定,H 却蒙在鼓里。他遍访名老中医,买来昂贵的中药为自己与太太补身体,希望身体强壮到可以生出一个健康的孩子。临睡前,H 端一碗炖好的燕窝给 Y。Y 端起碗,脖子上的项链晃荡出来,敲击碗边儿叮当作响。她忽然想到,自己这一生,享受了最甜蜜的浪漫,也承受了最阴暗的痛苦,无论将来如何,已经值得。

一年转眼过去,痛苦仿佛并没有让时间放慢脚步。当 Y 觉得伤痕已经结疤,可以应对再一次的伤害,她对 H 说:"你想过没有,万一再生出一个不健康的孩子怎么办?"H 低头不语,半晌才说:"当然想过,不如——我们找代孕吧。"Y 哭了,她不是接受不了代孕,而是接受不了一段起因于美好爱情的婚姻,维系得如此含辛茹苦。

如果爱情一定要有所结晶,婚姻本身就已经是;如果结婚必须要生个孩子,当初又为什么强求有爱情?

离婚这个决定,周围人都不同意。"37 岁才结婚,要多不容易有多不容易,何况你们是爱情楷模,别让我们伤心,好不好?"朋友央求她。Y 笑嘻嘻地说,我们离婚后也还是朋友。

H 是否很深地纠结过,我们不得而知。有一天深夜,他将熟睡的 Y 叫醒,告诉她,在孩子与你之间,我选择你。

日子表面上重新回复了平静，像所有那些经历了出轨、金融危机、事业不顺、感情倦怠，然而决定继续走下去的夫妻一样，他们小心翼翼地维护着这得之不易的平静，在内心深处，无声而又痛苦地更新自己过去对于婚姻的理解或者说梦想。

无数次午夜梦回，Y忍不住想，假如那场浪漫的爱情止于从南极起航的邮轮，回到熟悉的城市，她继续过一个人的生活，就没有后来这场堪称劫难的生育与蹑手蹑脚维系一个家庭的憋屈。如果命运敞开胸怀，将结局全盘托出，她愿意选择哪一个？她想，她还是会选择结婚，选择了却此前几十年心愿的那场盛宴，之后的痛苦，只是生而为人的应得。

命运只给了你一次心想事成的机会，错过了，这一生平静以度又有什么意思？

属于他们的南极慢慢被人们遗忘了。后来，他们像普通的、生育困难的夫妻一样，领养了一个女儿。那孩子一出生就被抱来，却仿佛明白自己的身世似的，格外乖巧懂事，不哭不闹，看到自己的父母就笑。

"太幸福了。早知这样，当初真不该纠结。"H听到女儿笑声咯咯，如此感叹。Y应答道："是啊，但没抱养之前，谁知道会这么好呢！"

经过了站在悬崖边上彷徨的夜晚，平静到来得特别可贵。

偶尔，也有得知了南极浪漫故事的朋友，慕名而来，看到这一对姗姗来迟走到一起的夫妻，丈夫白了头发，太太有了小腹，牵着尚在学步的女儿，家里沙发上扔着刚从阳台上收下来的衣服，难免面露失望之色。"看上去，他们的日子过得还不如我呢。"那人心里想。

原来，浪漫故事的收梢与你我的一样。然而，究竟为了什么而选择留在杂乱荒芜、不甚如意的婚姻里，每个人似乎又是不同。为了钱，为了孩子，还是为了让王子与公主的童话故事有一个完美的收梢？正如 Y 所说："不是为了爱情，而是为了自己的选择。"总归是有着些微的区别吧。

生活与你，两不相欠

她是我们眼里的传奇。原因并不是她在得知丈夫出轨后，没有上演一哭二闹三上吊的戏码。

她的丈夫出轨，许多人都知道。那是一个优秀的中年男人与一个年轻的漂亮女孩的故事。女孩四处宣扬，甚至在咖啡馆里找到了她，告诉她他们之间有多么相爱，他早已经不爱她，所以她理所当然应该让路。她平静地对女孩说，这些话，应该由我的配偶告诉我，并且他也要对我们的孩子做出同样的解释，避免他们的心理阴影，如若这样，我愿意放手。女孩无奈离去，许多人知道了这件事，同情她，甚至想象她在今后的一段时间，如何一年如十年，老得不成人形。

选择原谅男人出轨的女人比比皆是，因为孩子，因为钱财，因为名誉，因为习惯，因为女性再婚困难等等。结婚5年10年之后，原谅不忠诚的伴侣，要说是为了爱情，不如说是为了生活，而她说得更好，是为了自己。

　　与许多选择原谅却百般不甘、痛苦万分的太太不同，她像没事人一样，照样开心工作，经常去咖啡馆坐坐，与女儿亲如姐妹，并且继续告诉女儿，你的爸爸是一个优秀而又愿意为家庭负责任的好男人。

　　她丈夫身边那个年轻漂亮的女孩没有再出现在我们的视野，或许并非男人良心发现，而只是因为她迫切想要上位的姿态让男人对她敬而远之。只是我们都为她捏了一把汗，如此轻易地原谅了男人，他会不会再次出轨？

　　对于这种担忧，她嫣然一笑，说，我是他的伴侣，不是他的父母。对于一个人来说，知错要改是应该在18岁以前建立的世界观，如果他那时没有完成这项工作，现在我使再大的力气，也只能让他越发觉得自己在情感世界是个孩子，可以不断犯错，不断地要求我告诉他应该怎么做。

　　她甚至与那位漂亮的女孩狭路相逢过。三八节的时候，在商场的内衣专柜，她走出试衣间，发现那个女孩拿着一款同样的文胸，正等在外面。

女孩子变了脸色，她却能得体地说一句"你好，这款文胸真的很舒服"。女孩逃进了试衣间，她却忍不住笑意，连对文胸的喜好都如此一致，难怪会喜欢上同一个男人，只是可惜，她晚了一步。

在心里，她始终无法把那个女孩当作敌人。唯一的那一次正面交锋，在她的理解里，也是她向她倾诉自己的痛苦。爱一个人，却又得不到，该是多么巨大的痛苦。如若男人果真像他所承诺般那样爱她，如果男人的婚姻关系果真已经覆水难收、万劫不复，与其两个女人互相做隐形人，倒真是不如放在阳光下谈一谈，她在心里始终是同情女孩的，像同情一个爱上已婚男人的朋友。在这段感情中，女孩才是真正的受害者，至少她自己，还可以选择原谅或者不原谅，而那个女孩，却是走投无路才来找她拼死一搏，而这一搏，竟也犯了不平等爱情的大忌。

逛完内衣店的那一天，她暗下决心，等女儿长大成人，要告诉她关于这个漂亮女孩的故事，告诉她无论多么爱一个人，也不要让自己陷于一场不平等的爱情。与爱情相比，尊严更重要，与男人相比，自己更重要。

如果女儿问她，那你自己呢，你不是也生活在不公平的情感之中吗？爸爸出轨，而你并没有。她会狡黠地一笑，告诉她明知不平等还要进入，与生活将我们推入短暂的失衡是两回事。无论如何，我们要努力寻找最好的生活，即使生活回馈于我们的，永远是打过折的"好"。

后来，恰好有另外一位朋友，也经历了相同的故事，选择原谅之后，夜夜失眠，恨不得要杀人。她劝朋友，既然选择了，就尊重彼此，不要活在过去。朋友愤怒地盯着她，回击道："我觉得你之所以能够不痛苦，是因为你根本不爱你丈夫。"她淡淡一笑，答："我觉得你也不是爱他，你是不爱自己。不要用你的痛苦与愤怒去惩罚任何人，因为这样做，最终失去最多的是你自己。"

我悄悄问她："你真的没有为这件事痛苦过？"设想了很多种答案，比如她疯狂运动，用自虐发泄；疯狂购物，花男人的钱治愈；甚至想过，她偷偷地与办公室的小鲜肉上床了，通过身体出轨平衡了丈夫的身心出轨。

答案却不是所有的这些。

"没有不得了的痛苦，只是小小的失望而已。我选择保住这场婚姻，与任何人无关，包括我们的孩子。我只是不想离婚而已，与伟大、奉献、忍受有什么关系呢？何况我并不是离不开他,我甚至有信心离开他可以过得更好。可以做的事情却没有去做,可以破坏的却保全了,人是会有点小小得意的,这小小的得意与那小小的失望互相抵消。生活不欠我的,我也不欠生活的。"

当一场感情出现变故,真正伤害我们的是那讨要的姿态,无论讨要的对象是某个人,还是生活本身,都会让我们产生深深的无力感甚至羞辱感,为了掩饰讨要的尴尬,我们会不停地要求那个犯错的男人做出各种努力,使情感的裂缝变成鸿沟。

生活已经足够残酷,欲望更是使这残酷翻倍。

她在保全婚姻这出戏里,让我看到一个真正的独立女性。我不是讨要,更不是给予,我只是拿了我应该拿的,而我的快乐也由我自己负责。

美好人生从"饭、祷、爱"开始

"15 岁起,我不是在恋爱就是在分手,我从没为自己活过两个星期,只和自己相处。"大嘴美女茱莉亚·罗伯茨主演的女性成长电影《美食、祈祷、爱》改编于美国作家伊丽莎白·吉尔伯特的自传体小说《一辈子做女孩》。伊丽莎白·吉尔伯特 34 岁时放弃了稳定的家庭生活,一个人去意大利享受美食,去印度寻找信仰,在巴厘岛拒绝了爱她的男人,却学会了爱自己。

当我们成为一个男人的太太,一个孩子的母亲,常常恨时光不能停留未嫁时。其实,嫁或者不嫁只是问题的一部分,没有人能一辈子做女孩,我们所能够做到的只是不在婚姻中迷失自我。美食是自爱,信仰是自爱,爱的本质依然首先是自爱。

正如心理学家李子勋所说:"感情世界的定律是——学会爱,是被爱的前提。"

　　当我们在一个人的时候,体味到的不是孤单而是满足,在两个人的时候,才会懂得不要一味向对方索取。选择任何一种人生,是否快乐首先是我们自己的责任。

　　开启"饭、祷、爱"的美好人生,从热爱一株欧芹开始。

　　蔡澜说:"人生的意义在于吃吃喝喝。"

　　她是个平凡的女子,而他是个万人迷男子。新婚之夜,她像梁思成问林徽因那样问:"为什么是我?"他却并未像林徽因那样闪烁其词,而是正视着她的眼睛,大大方方地说:"因为你是个美食家。我想,一个热爱美食的女人应该也是热爱生活的。"他的答案却成了她的负担。她开始忍不住做他喜欢吃的东西来讨好他,一旦没有收获他的表扬,便怅然若失。后来,公婆住进了他们的小家,先生一句"她很喜欢做菜"便将厨房的活计都推给了她。她开始愤愤不平。终于有一天,她对他说:"以后让你妈做饭吧,我早就不是你喜欢的那个美食家了。"先生惊讶地看了她一眼,嘟哝了一句:"我一直以为你很享受。"

　　她不再做饭,不再在出差时往家里带天南地北的干货特产,却忽然发现生活缺少了什么。公司聚餐,她兴趣盎然地向厨师打听某道菜的做法,听到一半却忽然气馁——反正家里又不用我做饭。

可她是那么热爱美食,即使无意中在朋友书架上看到一本《蔡澜谈美食》,见他说"羊肉是最有个性的肉",她都会忍不住笑起来。终于,先生带公婆去旅游。她像从监狱里面放出来的犯人似的去菜场疯狂地采购。欧芹粉绿的茎像极了年少时的那件连衣裙,蒜头似的茨菰像童话里的神勇小将洋葱头,五花肉的层次像巫师用黄金分割点计算好一般,难怪 Lady Gaga 曾经选它做礼服。

提着购物袋回家,像提着满满一袋老朋友。可是,一个人吃饭,每顿都做却每顿都剩。当她悲伤地将剩菜倒入垃圾箱时,忽然想,原来美食首先取悦的是自己。当她将其当作获得爱的筹码而任意拿下或割舍,其实已经忘了美食对于自己的意义。

瓠子的别名叫"夜开花";"菊花菜"与"上海青"属小白菜家族成员;"罗勒"与"紫苏"可以做最完美言情小说的男女主角。如果你有善于发现的心灵,"饭"几乎可以满足女人 50% 的浪漫需求。

祷是信仰,信仰并不等同于宗教。正如杨澜所说:是什么让我们在不断的失望后继续前行?是一种叫作"希望"的东西,信仰是一种希望，或者是有助于我们获取希望的思维方式。

旁人一直觉得她天真得可笑，30岁的人了，还像个孩子一样相信许多虚幻的东西。喜欢看宫崎骏的电影，喜欢搜集小玩偶，喜欢对失恋的女友说你在他心中一定永远有一个位置，喜欢在旁人猜测男人外遇时说，他是因为工作忙。人们说像她这样不食人间烟火的女人，一定会输得很惨。果真，与她在同一家公司任职的丈夫出差时与一个年轻女孩暧昧起来。消息传遍了整个公司，唯有她浑然不觉，依然每天把自己打扮得漂亮得体，午休时戴着眼罩，半靠在躺椅上听音乐，手边刚沏的绿茶散发着袅袅香气。有好事者私下说，这女人真可怜，她都不知道自己马上要变成弃妇了。

她没有变成弃妇。据说因为那个年轻女孩无法面对她每天跟丈夫通电话时的笑声。她总会因为一点小事而笑起来，仿佛世界上的一切都是可爱的。男人与她通完电话后，心情是那么好，让女孩觉得自己在他身边是多余的。

事情过去一些时日，终于有好奇者问她："世道混乱，你为什么却一点都不担心呢？"她略略沉吟，说："因为我信仰一切美好的东西。即使我爱的人背叛了我，我依然相信他的离开是为了让我生活得更好。"

信仰就是一种对美好理想不管不顾的坚信,往往当我们越相信美好的时刻会到来,就越容易得到美好的心情。在好心情中度过每一天,任何事情的结局其实都已经不那么重要。

天真的人最有力量。信仰的最终目的,不是让你变得刀枪不入,而是敢于正视一切无常,并且在无常面前保持对生活的信任。

爱,不仅仅代表爱情,更是自爱,是一种内心的强大,即使你的生活中没有好男人,你依然可以是你自己的好女人。

她被公认是一个有爱心的人。前上司生病,她去探望,带给她书、影碟,陪伴她度过寂寞的下午。彼时,那位上司已经落马,因为做上司时很不通情达理,几乎没什么人答理她,而当年在前上司手下做事时,她受害尤深。有人半开玩笑半认真地说:"你对她这么好,是为了让她无地自容吗?"她答道:"她的确对我很苛刻,但也正因为有了她的苛刻作对照,我才能对后来所有的上司都心存感激。我不应该感谢她么?"

前男友总是发来暧昧短信,她不回应却也不拒绝。当年,他伤她很深,如今,他怀念她很深。她完全可以像朋友建议的那样,冷冷地堵死他的怀念,让他明白自己当年是如何不堪。可她终于还是默默地,任由他将她这儿当作一方寄托美好感情的净土。尽管她对他已经没有了爱，可她依然愿意做一个尊重爱的女人，并且因为爱着过去的那个自己，而不忍心伤害任何一个路过自己生命的人，无论他们好或者不好，终究是寄托了某个时段的那一些希望与失望。

她活得很好，并且越来越快乐，因为爱究竟是一件让人生更丰满的事情，它存在于我们内心，任何人都无法将它拿走。

美国畅销书作家芭芭拉·安吉丽思在《爱是一切的答案》中写道：迟钝的人让你学到耐心，愤怒的人让你学到沉着与静默，粗暴的人让你学到自重，封闭的人让你学到无条件的爱，欺诈的人让你学到操守，固执的人让你学到弹性，胆小的人让你学到勇气……对于让我不开心的人，我首先问的是，这个人被派来是为了教会我什么？

没有人值得被恨，相反，他们值得你去爱。因为你所经历的，就是你个人历史的一部分，以什么方式去书写，决定了你自身的质量。

每个人都曾经怀疑过爱，如果你能从怀疑中站起来，接受另一份爱的任务，你就是自己的榜样。爱过去的自己，信任她，效仿她，支持她走向未来。在今后的日子里，你依然可能为爱所伤，但那永远只是浩瀚的爱的海洋中的一粒沙尘。

一

前任有义务好好活着

有一段时间,我与朋友经常讨论前任问题,最后得出的结论是,前任出现,是为了治愈我们在那场情感中落下的伤痕,更是为了提醒今日生活之可贵。

当初你以为他并不爱你,现在才知道并非如此;当初你仰望他,现在发现他不过如此;当初你对于分手耿耿于怀,如今觉得眼前这个男人并不值得终生相守。当你开始觉得前任是一个温暖所在,幸运的是,你成熟了,不幸的是,你已不那么年轻。

有一晚,闺蜜在我家留宿。半夜见她的房间依然有灯光,悄悄推门进去,她回头,眼眸里亮着小灯泡。"我要离婚,跟前任结婚。"她说。我钻进被窝,她还在电脑前奋战QQ。

"他把我写给他的日记片断发过来了,我没想到还会写那么动情的日记。"

"我一定很爱他,现在我再也说不出那些话了。"

"原来当年,我可以为他做任何事。"

他们在网上回忆当年,她偶尔回头跟我说一两句话,幸福得没有时间对我讲述前因后果。

第二天早晨不到六点,她就起床赶飞机去了。

两个星期后,她说我们见面了。我问怎么样。"哎哟,他长得好胖,头顶也秃了,跟太太关系不好,工作也不怎么样……"

我悬着的心落了地。与前任见面,旧情复炽不易,多见一面多放下一点倒是容易。

不过,我还是忍不住回忆那天晚上,她星辰般的眼眸。

闺蜜如手足,前任似衣服。

其实前任这个物种,与穿过的衣服是不同的,相反倒比较像我们曾经住过的房子。衣服更换起来便捷而无情,当它从衣橱里消失之后,我们几乎不会再想起它,偶尔看照片,指指点点也不过叹一句"好老土哦",新衣服总是比旧衣服好看,所以旧衣服的使命是不留痕迹地被抛弃。而住过的房子,无论住一年还是十年，它会融入一段岁月，成为一种记忆，甚至与光辉难忘的青春有关。筑巢不容易，搬离更不容易，如果房子有房贷或者借款买的，更是不容易到刻骨铭心的地步。

住过的房子塌掉或者被拆掉，一段人生记忆就被踩踏了，想想总让人心疼。前任就是这样一座房子，承担了记忆，承载了梦想，是人生不可回避的事实，就算有块橡皮擦也无法将每个房间的记忆全部擦拭干净。前任永远不会成为路人甲，他不仅仅是某个人，更是我们自己的某段光阴，是抛物线中的一环，一旦缺失，于完美的曲线而言，便是万劫不复。

路越走越远，时光滴答提醒我们，人最终所在意的不是苦乐，而是丰富与完整。

日剧《倒数第二次恋爱》的台词是这样的：

"你为什么那么在意前任？"

"终有一天，你会发现自己的前任不再增多，而是慢慢减少，因为各种意外以及年华老去。"

衣服可以随时购得，前任却不会无限增加。终于，你懒得再装修新房，懒得搬家，于是你住过的房子就成为有限的存在，随着城市的变迁，变成回忆。

对于没有前任的女人来说，前任是她们稳定生活中的白日梦想与无尽遗憾，让人不知应该感叹生活的顺遂还是人生的无趣。而对于有前任的女人来说，前任的数量是她们终身的荣耀，如果说失恋使人成熟，每个前任都堪称优秀教师，将外表任性、内里脆弱的少女，变成宠辱不惊的女人，把单身楼变成了别墅。

感激虽然显得虚伪，憎恨却更显得缺乏胸怀。憎恨前任，相当于你恨你的少女时光，你恨你眼角没有一丝皱纹，你恨淘宝买件20块钱的衣服就穿出女王范儿，你恨以全部的身心投入一场爱情的惊天动地，恨全世界只有你与他的纯真的矫情，如果你恨他，就是恨人生中最美好的一切。

我们对于前任的唯一要求应是这样的，每一位前任都有义务好好活着，成为李彦宏、马云、冯唐。

一

你只是害怕与别人不一样

如果在路上遇到他,我不敢认。一年前的他,体重160斤,如今的他只有115斤。他曾经是朋友圈里快乐的死胖子,作为美食活地图,跟他走,必能吃好玩好乐好。我约他一起吃晚饭,他说他自减肥后便过午不食,"以后吃饭约在中午",说完他就急匆匆地去健身房了。

从此果真只能一起吃午饭了,并且他对于吃什么十分挑剔。自带卡路里对照表,每当我们将糖醋小排或者油焖大虾送至口边,都能听到一个冷冰冰的画外音:3000大卡,要跳绳80次才可以消耗完毕,为了配合他,我们把聚餐地点选在素菜馆。"厨师永远不会告诉你,素菜馆的大部分素菜都是加猪油炒出来的。"大家的表情由兴致勃勃迅速切换至意兴阑珊,自动配音:请把那个有趣的死胖子还给我。

与成功一样,减肥正在被过度关注,甚至是否减肥,也代表了一个人成功与否。放言"要么瘦,要么死"的小S公然表示,体重三位数的女人没有前途。当原本可能正确的事情成为一种偏执,对于阵营之外的人而言,就会形成歧视与压力。我们痛恨歧视有色人种、残疾人、女性、农村人,却将歧视胖子看作理所当然,甚至这种歧视里面也悄不露声色地掺杂了性别歧视——体重略微超标的女性承受的压力与体重超标严重的男性相当。甚至当一男一女两个胖子站在一起,男胖子会优越感十足地对女胖子说:"我是男的,胖就胖了,你一女的,这么胖怎么嫁得出去?"

我们歧视胖子,响当当的理由是因为胖是不健康的生活方式,却忽略了个体的差异。对于有些人,比如小S,保持体重固然也需要付出努力,然而与肥肥(沈殿霞)的女儿郑欣宜的辛苦相比,是九牛一毛,云淡风轻。有一种体质叫易胖体质,有一种女性常见问题叫内分泌失调。当人体内储存能量的胰岛素多于负责新陈代谢的肾上腺素与甲状腺素,想要瘦,就要拼命。别人付出一分努力达到的体重秤数字,你需要付出十二分的努力。

既然人与人的差别如此之大，为什么当我们看到一个胖子，总会不假思索地就认为人家是对生活没要求，对自己太放纵？

郑欣宜千辛万苦，不惜借助减肥药也没瘦成一道闪电，更悲催的是，她只要正常地吃几天米饭，体重秤的指针就不稳定，米饭对于她这种体质，功效跟别人喝油差不多。

"一个人外表身材不影响自我价值，女生应该容许自己自私一点，为自己而活。"话虽如此，从她的体重升了降，降了又升，可见她内心的纠结。在如今的中国，要做一个快乐的胖子所需要的勇气，绝不比做一个快乐的单身少。

许多年前，哲学家罗素说"参差多态，方为幸福本源"；许多年后，当我们自认为文明在发展，却变得无法容忍一个快乐的胖子。如果说瘦是一个人的选择，难道胖就不是？文明的进步并不是让我们的世界变得像经过美图秀秀的自拍照一样，割韭菜似的一刀齐，而是在不需要划分正确与错误边际的领域，保持足够的宽容，尊重每一种不同的选择，尤其那些少数人的选择，他们的存在，使这个世界恢复参差多态。

如果说，瘦让我们得到了一些尊重，其实也让我们失去了许多乐趣。

至于健康，如果允许有一种快乐是遵守健康生活规则活到100岁，也应该允许另外一种快乐，就是随心所欲地活到60岁。如果一个人生存于这个社会，连选择随心所欲地胖的权利都没有，所谓的自由与成功，其实是经过加工与美化的专制与强加。

如果你讨厌被邻居大妈质问为什么还不结婚，如果你讨厌被晚期直男癌患者质问你怎么不像个女人，如果你讨厌被父母期待成为别人家的孩子，如果你讨厌被家长群里那些用自己的梦想绑架孩子的父母们绑架，你其实就应该向依然坚守在胖子阵营的人致敬，她们所坚持的，与你所坚持的一样，她们所反对的，也与你所反对的一样。

郑欣宜最近在脸书上露面，坦承自己已经停止减肥"不会再强逼自己"，她与外籍男友恋爱，很开心对方不介意她的胖瘦。与正常吃一顿晚饭，就要暴走8000米以防止长肉的女明星相比，哪一个更有正能量？你可以选择后者，我却愿意选择前者。曾经看到郑秀文的访谈，记者问她如果有一天隐退，最想做什么，她悠悠然回答，如果不做这一行，最开心的是终于能吃一顿饱饭了。她们这样心酸努力是工作需要，你如此拼命，将瘦作为自己的信仰又是为了什么？

你有什么信仰，我信"瘦"，其实你只是害怕与别人不一样。

健康生活状态并不是一味要瘦。健美教练的身材在很多人看来，其实偏于敦实，女性甚至显得壮硕。我们并不能责怪执著于瘦的人，然而，正如时尚编辑戴安娜·弗里兰所说："你不一定非要漂亮，因为你并不欠着谁。"如果漂亮并不是一笔债务，瘦也不是。那些对于体重秤上的数字如履薄冰的人，只是害怕被这个崇尚瘦的时代抛弃。

看出来了吧，其实每一位胖子包括那些微胖界人士，都是特立独行、值得尊重的人，至少他们为世界提供了另外一种风景与可能性。

美好的浪费

平均每个星期有三天，雪晴会出现在我的咖啡馆。墙上的新书架刚做起来的时候，她执意要"认养"一层，放置她的书，贴上她的名字，并央我为她写一个简短的介绍。我给她写"无计龄女子，爱自由的漂流瓶"，她十分欢喜，第二天便兴冲冲地拿了很多书过来，一本本摆在书架上。

起初我们以为雪晴是全职太太，不仅仅因为她喜欢穿黑色蕾丝与蝴蝶结装饰的衣服，更因为她看上去很闲散，动辄在咖啡馆坐一下午。她那辆大红色的奔驰跑车，大大咧咧地往路边一靠。有一次，车尾甩在外面，被一辆电动车蹭了，她也没显出心疼的样子，挥挥手，放走了被吓得面色苍白的电动车司机。

"不是自己花钱买的车,果然不心疼。"有人说。雪晴立刻正色道:"这辆车上的每一个螺丝,都是我自己赚钱买的。"

相熟以后,知道雪晴自己开公司,有时候她将客户约到咖啡馆里,多半时候,却仅仅一个人,享受一杯咖啡或者茶。

她总是把自己收拾得一派妖娆,扭动小蛮腰拾阶而上,娇声说:"我来看看我的书。"

在咖啡馆里看书的人已经越来越少,她却是那少数人中坚定的一份,而她打扮成的模样又实在不像是来看书的,所以当她看书的时候,进进出出的每个人,都会忍不住看她几眼。

慢慢地,她成了咖啡馆的一道风景。尤其春天院子里蔷薇正开的时候,她坐在院子里的公园椅上,酷似范冰冰的脸庞半埋在书里,让人除了"美好"这样通俗而又贴切的词汇,竟然想不出其他的词语来形容。

然而如果你觉得她始终过着轻松的生活,却又错了。倘若她连续三天没有出现在咖啡馆,一定是忙到恨不得长出三头六臂。再来的时候,她便窝在最隐蔽的角落,中学生似地趴在桌上睡觉。偶尔被吵醒,睡眼惺忪地说一句"这几天半夜三点以后才睡",说完,又埋下头去,大约根本没有看清楚刚才对话的人是谁。

在认识雪晴之前,我始终觉得世界上的人分为两类:一类是星巴克式的,车站、机场、高速公路,永远在路上,永远行色匆匆,即使喝咖啡,也是在便利式咖啡馆,端一只纸杯,随时准备冲出去;另外一类是花神咖啡馆式的,日子端放在塞纳河左岸,缓慢流淌,因为失速而造成了一种和谐的公平,无论你的身份地位,每个人都像富豪一样挥霍时间。

我的咖啡馆是开给后一种人的,雪晴却奇妙地在两种之间自由切换,这种骑墙的状态,有时候也会让她有所损失。

比如有时她会忘记带手机,一旦坐在椅子上,端起咖啡又不想动弹。于是时间一分一秒浪费,半个下午加整个晚上,直到咖啡馆打烊,她才放下手中的书,恋恋不舍地离开。过几天见她,她说,那天手机被打爆了,人家没联系到我,联系别人了。因此丢了订单,我心里替她不值,下次雪晴忘带手机,就鼓动她回家去取。

"不去,浪费这么好的时光。"漂亮的女生任性起来总是很好看。

"丢了订单是更大的浪费。"我在氤氲的咖啡香气中正色道。

"那也是美好的浪费呀。"

雪晴说这句话时妩媚的神态,仿佛生活中一切的失去甚或在他人眼中的吃亏都是一种美好的浪费。

后来，我时常在雪晴身上体会美好的浪费。

有时候，她会化非常美丽的妆，坐在咖啡馆角落的桌子前，埋头看书。而那一天，恰巧是梅雨季节里最郁闷的一天，雨从清晨到夜晚，像任性孩子的哭泣，时大时小，连片刻的停歇都不肯给。整天的光阴，只有她一个客人。打扮得那么漂亮，却无人参观，在我看来也是浪费。而她，面对一本书，愉悦地忽视了这漫长而孤寂的光阴。

对于一个过了 30 岁的女性，她事业有成，又如此美丽，却并没有婚恋嫁娶，在许多人看来，也是浪费。时常有人关心她，"雪晴，帮你介绍个男朋友？"她嫣然一笑，说"好啊"，但并不真的上心。如果那人把男生带来，她就当作朋友一样，一起喝杯咖啡，倘若只是拿了照片给她看，她看过一笑，也没了下文。

"你不要那么挑剔。"有人说，后面那半句"女人这把年纪还挑剔什么"，硬生生被咽下去。

"难道我没有挑剔的资本？"雪晴显然也听出弦外之音，挑起眉毛，以少有的严肃口吻说话。

"不是那个意思，你这么美，又年轻，不结婚浪费了。"那人讪讪道。

"那也是美好的浪费。"雪晴抿起樱桃似的嘴唇,"美好的浪费"几乎成了她的口头禅。

我总琢磨"美好的浪费"究竟是什么,似乎懂了又似乎总是不透。

直到有一天,天气晴朗得使人心里似被掏空一般想要发生点什么,正是做生意的好时光,偏偏停电。物业、供电局、市长热线,没头苍蝇似的忙乱而急躁地打过几通电话,咖啡机的指示灯依然黑着。既然一切努力都是徒然,索性搬一把椅子坐在院子里,就着日光画一幅小画。周遭安静一片,只有时光静静流淌的声音。黄昏后,移至室内,点起两支蜡烛,一会儿看书,一会儿看烛火闪烁。忽然,室内大亮,来电了。时钟已指向晚上十点,站起来伸个懒腰,感叹着"白白浪费一天"的时候,心里却有莫名其妙的窃喜。

时间终于脱离了计划表,光阴像一片片云母,纷纷闪耀而下,雪花片一样落在无所事事上,毫无意义成了最重要的意义。这样的一天或一个下午,被放置于不断前行、加压、充满目标与计划的人生背景中,原来生活除了目标之外,还保存着它该有的模样。

所谓美好的浪费，其实是密实而紧迫的人生里精彩的留白，是心无旁骛地愉悦自己，此时，你就是你，不是任何人眼中的你。

PART 4

总有人要选择其他方向

对于选择,我们最害怕的是选错了。而在现实生活中,为什么有人永远选错,有人永远选对? 与命运无关,甚至连运气都不是,是我们能否接受与当初设想不太一样的人生,能否在人生的随处都可捡拾到果实。

当你卑微，就能快乐

掐指一算，我与童言相识已经超过十年。

十年前的她，身形略微发胖，眼睛不大，脸也不尖，不过头发乌黑，皮肤白里透红。她无视自己美好的皮肤，天天盯着一身赘肉，给自己取了个网名叫童小胖，每天都在抱怨为什么那么胖。她尝试过很多办法，跳操、节食、针灸，都没有达到理想的体重，或者达到了也是昙花一现。有一种人先天胰岛素过剩，新陈代谢慢，俗称喝凉水都胖，我估计她就是这样的体质。

童言还总觉得自己处理不好人际关系，说话容易得罪人，在饭局中尤其不知道说什么好。另外她觉得自己不太会讨好男人,男朋友没那么爱她。每次我们交谈,她都会像个小学生一样,请教自己的各种人生困惑。有一次打电话,她说头一天晕倒了,看来瘦身不能靠节食。我说你根本不胖啊,别折腾了,她幽怨地说,那也只是不算太胖吧,胖还是胖的。

后来的一段时间,我们联系比较少,在那段时间里,她换了工作,失了恋,我以为她从此垮掉了。

后来看到她写博客、微博,里面有她看的书,交往的朋友。她新换的工作是财经记者,采访了许多商界大佬,也为此恶补了很多文学之外的书籍。她变得很忙,除了本职工作,还参加了一个成人油画班,每个星期画一幅小画。起初是涂鸦,慢慢地越画越像,至少在我们这些外行人看来,那是一幅画了。

因为不在一个城市,我只能通过旁观以及偶尔的聊天感受她的变化。

2011年,我宣传自己的新书,去了她的城市,她来酒店陪我住。洗完澡吹头发的时候,她边吹边大声唱歌,声音十分动听。我倚靠在床上,忽然感动不已。正如一个人悲惨的状态会打击他人对生活的信心,美好的状态也会让我们对生活心生无比留恋之意。

她的身材没有什么变化,有些人就是无论多么努力也无法瘦成一道闪电，何况她已经不那么努力了，彻底放弃了节食与针灸，只是坚持每周三天的跑步，让身体健康、身材紧实。然而她变得特别会穿衣服，恶补了许多时装方面的专业知识，告诉我如何找到自己的穿衣风格，如何搭配，如何扬长避短。出去游玩照相，她还告诉我许多在照片中显得又美又有气质的小秘诀，皆是一试之下，成果立现。

她俨然成了一本生活百科全书，变得特别可爱，大约因了可爱，而愈发美丽。

此后，我们经常联系。她一直单身，一直微胖，但我没有感觉到她的生活有什么缺憾。有一次，她采访了喜欢的一个女企业家，兴奋地打电话给我，说："我喜欢她的谦卑与教养，一看就知道是真正见过世面的人，不会沉迷在自己的那些小成就或者小忧伤中。"

这句话，我觉得说的也是她自己。

无论在任何城市见面，她最喜欢与我一起去的地方是美术馆、书店、图书馆，每当看到好书与好画，她就如孩童般惊叹：太牛了啊，人类！这惊叹是那么具有感染力，使我油然而生一种生而为人的自豪感。

那次从广州方所书店出来，下起暴雨，我们没办法离开，随便找了一个地方坐着聊天，她看着眼前随处可见的书籍，说："你瞧，半个人类文明史都在这儿了，我们有多幸福。"

自然而然也会谈到感情问题，过去她为之焦虑，求而不得，如今却显得云淡风轻。"行最大的努力，做最坏的打算。"我相信她其实已经做好了一个人过的准备。在中国，任何一个年龄超过30岁，又不想在情感上随便将就的女人，其实都要做好可能会单身很久的打算。然而单身又如何呢？正如她所言，美好的情感固然值得欣赏与敬畏，然而它不是我们寻找快乐的唯一源泉，世界那么大，光是人类文明的审美与创造，那些无穷无尽的美景与美食，那些站在更广阔的空间里审阅这个世界的乐趣，足够我们享受大半辈子了。

毕竟，可以满足我们人生渴望的，可以是浅层次的相伴，也可以是深层次的相知。

这次的交谈，给我一种醍醐灌顶的感觉。

暴雨过后，我们走在空气清新的街道上，她说："你给我拍照吧，只管按快门就好。"她站在一株开花的紫荆树下，随着咔嚓、咔嚓的快门声，不断地变换拍照表情与姿势。旁边走过一对中学生模样的女孩，有一个"悄悄地"用很大声音说，看啊，这个老阿姨拍照挺专业的。我们都听到了，她却像没有听到一样，情绪丝毫没有受到影响。

广州的雨过天晴来得特别快。那样的一天，给了我们暴雨与晚霞，然后附送了星空。吃完饭出来，我们抬眼望天，两人不约而同就那么傻傻地站立在街道上。"在这浩渺的星空下，你我甚至连一颗星都算不上，又有多少事情值得烦恼？"她的声音飘渺，恍若来自太空。

我们默不作声地低头走路，听自己的脚步声，一直到酒店门口，互道珍重。

后来，又有几次见面，每一次都觉得她变得更加美丽。

女人过了一定年龄，漂亮就是一个过去式的词汇了，然而豁达的心胸与信手拈来的自信，让周围的人感觉舒服的气场，以及得体的装扮，组成了一个人的美丽，而这一切的美丽背后，是对生活闲云野鹤有心境。

童言的确在努力活得漂亮，每天的日程表都很满，然而却又并没有用力过猛，觉得自己一定配得上更好的人、更好的生活，一定要达到怎样的成功。

有一年，她去了新疆。兴奋地打电话告诉我，她正在天山的草场，人生的理想是变成那里的一朵野花。后来她多次进疆。她喜欢站在广阔的大地上，感受自身渺小的感觉，与站在都市的街道中,看光怪陆离的人群不同。你不必在意谁穿得比你好,谁的身材比你曼妙,你能想到的只是,天地如此广阔,烦恼不值一提,甚至连美好与欢乐,都不值一提。

以她为范本,我无数次反观身边那些人生的道路越走越窄的人,发现他们最大的问题是活得不够卑微,并且随着年龄渐长,容貌渐失,越发想要抓住些什么,以显示自己这辈子并没有白活,这种急功近利却又不得利的状态,损毁了他们的心性,也影响了面容。总是抱怨职场不公的人,心里藏着这样的愤愤不平:如果世界再公平一点,运气再好一点,我也能成为乔布斯、马化腾;总是抱怨情场不顺的人,心里藏着这样的愤愤不平:为什么比我条件差的人都比我幸福;觉得人生随处不如意的人,心里藏着这样的愤愤不平:如果我妈再把我生漂亮一点,我也能成范冰冰,如果我爸是官二代,我一定比王思聪牛……

当一个人眼里只有自己,世界就欠了他们许多,世界粗心大意,哪会将每一个人都照顾得服帖滋润。童言的人生道路越走越宽,因为她站在了一个更为博大的舞台上。在那个舞台上,没有绝对的主角,也没有绝对的配角,每个人只是待在自己应该待的位置上面。如果你是游客,就看风景,如果你是小贩,就努力赚钱,如果你是导游,就快乐忙碌,如果你是过客,请快步赶路。

　　人与人之间其实没有任何可比性，我们只是一粒微小的尘埃，以自己的轨迹跳舞。

所有的"如果"都是苦果

选择是每个人都会遇到的难题。

世界上并不是只有人类会遇到这个难题,动物、植物也有选择问题,一个选择没做好,可能一命呜呼。它们从不为选择烦恼,因为它们不会思考。

米兰·昆德拉的那句话是:"人类一思考,上帝就发笑。"

有人说,没有选择的时候最幸福。因为有选择就要权衡利弊,世界上几乎不存在完美的选择。要自由,就得放弃稳定,要利益,就可能承受风险。追求纯爱的,要冒最终两手空空的险,追求利益的,可能终落得心灵空空。既然如此,是否意味着根本不存在真正正确的选择?

选择之难，在于一旦选择，必有放弃。阻碍人类做出选择的，不是路径优劣，而是贪婪之心。

我的朋友小A与小B是截然不同的两种人。小A为人谨慎，约会总在熟悉的餐厅里，点熟悉的菜，一旦去陌生的地方，他就会犯选择恐惧症。往往我们的餐已经端上来，他还捧着餐牌，举棋不定。他总担心没有点到最好吃、最满意的东西，结果往往是怕什么来什么，最终花费很多时间选定的，还不如我随手一指，端上来的东西好吃。

小A家教严谨，有很强的责任感，无论对自己还是对他人。选择恐惧让他在爱情中也表现得十分被动，总希望对方做决定。如果对方选择分手，他无论内心如何不舍，绝不会挽留，他因此常常给别人造成不负责任的印象。只有我们这些熟悉他的人，才知道，他不是不负责任，而是太负责任，身上背着沉重的十字架，根本没有能力做决定。

刘青云在电影《购物狂》中饰演了一位深度选择恐惧症患者，在快餐店看着餐牌，看到头晕眼花，却不知道点什么好。点错了会死吗？真的不会。只是，对于一般人来说，点错了就点错了，对于他来说，即使一份卤肉饭，如果点错了，也是人生的失败。

太负责任与不负责任,虽然出发点不同,却殊途同归地既浪费生命,又容易伤害他人。心事重重的小A分别被前女友以及女友骂过多次,又被我们在饭局上嘲笑过多次后,忽然小宇宙大爆发,决定克服选择恐惧,并且发明了一种特别酷的方法,抛硬币。

自从他决定让硬币决定一切,便成了姑娘们眼中的超级型男。不仅因为他抛硬币的姿势挺帅,更重要的是,即使硬币帮他选择的猪扒饭上的猪扒硬得像猪皮,他也吃得津津有味。他说,选择好痛苦哦,如果有人(硬币)帮我做选择,刀山火海我都认了。现在的他从不觉得自己的某项选择有什么错,除非口袋里忘了放硬币。

小A的转变一定经历了痛苦的心理挣扎,对于想得太多的人,挽救自己的唯一办法就是简单粗暴地逼着自己去接受现实,省略从梦想到现实中间的弯路。当现实真正摆在面前,他们欣然地发现其实也没有那么糟糕——恭喜你进入没有选择模式。

小B与小A相反,她的思维简单,凭直觉做选择,很少考虑后果。有些选择,的确让我们觉得匪夷所思。比如她在公司,上司满意,下属喜欢,前景乐观,一切顺利,只欠烦恼时,却忽然因为看了舒国治的书,决定辞职去旅行。在她辞职去旅行之前,我们以为这事儿只出现在书里呢,毕竟大家都是成年人,要顾虑许多事情。

没有人看好她这个选择,好好的人生变成狗血剧,甚至有人打赌她会后悔,因为她将来再也找不到这么好的工作,这么合拍的老板了。

旅行大约持续了一年,小B遇到了形形色色的人,其中包括她后来的搭档阿楚。两个姑娘不仅自己组了一个地下乐队,还开了一个网店,贩卖她们觉得有趣的一切。质疑的声音依然很大:这些东西能赚钱,能养家吗?再后来,她们还合开了一间咖啡馆,每周有一场自己的演出,也吸引了城市中其他的原创乐队。最近听到的消息是,两个姑娘发动了一个众筹项目,已经筹到了上百万的资金。

曾经打赌的朋友,已经完全不知道如何判断输赢,他们的赌局在小B的人生选择面前,显得过于缺乏想象力。

"如果当年我不离开公司,现在应该已经升职到副总。"小B说。的确,她或者再也遇不到那样好的公司,那样好的老板,然而她的人生理想也并不是继续重复过去的路,在那个基础之上再创辉煌。如果说这个世界上,有人是为了人生的深度而活,有人就是为了人生的广度，两个选择都没有错，都注定要放弃一些东西。

追求深度的人，必须忍受外界的诱惑，克服瓶颈期的无力感；追求广度的人，稳定对于他们可能就是奢望。当你追求不断变化的生活，改变本身就是一种成功，你要不惧怕失败，要有虽败犹荣的勇气。

谈论小 B 的选择，大家一致认为，她之所以总是勇往直前，是因为在她身上有一种可贵的力量，能把弯路给走直了。她的乐观向上与随遇而安，使一切事情，即使是失去，也变成了得到。

"失"本身一定会带来"得"。正如王尔德所说，我从不羡慕那些得到很多的人，因为这意味着他们正在失去很多。在选择中犹豫不决的人，因为他们很容易陷于一种惯性思维：更多地看到自己将会失去什么。正如没有成为硬币男之前的小 A，他在点餐时只要遇到没有吃过的东西就会"难产"，因为他永远在想，如果很难吃怎么办，而没有想想，人生苦短，尝试一种新口味的食品也是一种得到。

对于选择，我们最害怕的是选错了，而在现实生活中，为什么有人永远选错，有人永远选对？与命运无关，甚至连运气都不是，而是我们能否接受与当初设想不太一样的人生，能否在人生的随处都可捡拾到果实。

多年前的某电视台，几个要好的男生不堪忍受资方盘剥，相约跳槽。然而，他们中间出现了一个"叛徒"，他偷偷选择了留下。其他人走后，他成了独苗苗香饽饽，薪水水涨船高。"叛徒"名为梁朝伟，义士的带头大哥叫刘德华。多年后，无论叛徒还是义士，都过得不错，即使星途黯淡的苗侨伟，也在接受采访时，自豪地说："我比华仔有更多的时间陪伴太太与孩子。"在这个与选择有关的经典案例中，你觉得谁是失败者，谁应该后悔？其实没有。

某一个选择，能够决定的只是我们的生活方式，而不是一生的悲喜。人生悲喜正如呼吸，无论你走哪一条道路，都会阴魂不散地跟着你，既然不能同时走两条道路，也就很难比较哪条路上的悲更少喜更多。真正意义上能够决定一生的选择只有杀人放火做强盗这种事，但那叫一失足成千古恨。我们所面对的往往是这样的一个情况，在乐观者看来，两条路都是光明的，只是各自精彩；在悲观者看来，两条路都是黑暗的，因为没有一条路是完美的。如果是兔子或者随便什么动物，事情就好办多了，它们会毫不犹豫地选择当下，所以，动物从不患选择恐惧症，它们吃第一时间到手的食物，不在乎隔两秒钟扔下的那个食盒里是不是有更好吃或更丰富的食品。

如果说世界上有一种终极正确的选择，那就是永远认为自己的选择是正确的。所有的"如果"都是苦果，与其活在梦里，不如眼望前方。成功的人生就是不后悔的人生，祝前途光明！

多谈恋爱少结婚

我们在"巴厘"吃小龙虾,她说起自己失败的婚姻。与男友恋爱时间不长,母亲患了癌症。她在医院电梯里遇到一位老阿姨,两人搭讪,当老阿姨得知她未婚未育,母亲却不久于人世时,感叹"你妈妈这该多放心不下啊"。于是她决定结婚,婚后的第十天,母亲去世,然后便是一段兵荒马乱的岁月,不到一年他们就离婚了。

她成功把自己变成了离异女士,此后爱情中的许多挫折,都与此有关。当我说她把婚姻当儿戏时,她不太高兴,她习惯了被赞美,因为她觉得自己是一个敢于付出与承担责任的人,她匆匆忙忙结婚并不是为了自己,而是为了让亲爱的母亲安心。

另一个她，单身多年，寻寻觅觅，等到过了第三个本命年，忽然闪婚了，对方是一个与她十分不般配的男人，她说因为这么多年相亲，他是第一个在见面两个小时后，就求婚的。而她的同事给出的版本则是，她晋升遇到了强劲对手，大龄单身可能给她减分。后来，我们还没来得及去她的新家看一眼，她已经搬回了娘家，并且在离婚过程中闹出了许多狗血事件。

很多人都会告诉你，我想要一段白头偕老的婚姻，然而大家走入婚姻的方式却是千奇百怪，好像婚姻根本不是为了共度余生，而是为了给之前还算顺利的人生平添挫折。

我们一方面认可经营好一段婚姻，不亚于经营好一个公司，另外一方面却不顾公司运营的基本原则，匆忙上马，不是经营一段婚姻，而是赌一段婚姻。哪知婚姻市场比股市更加险恶，十赌九输，于是大家开始说，我对婚姻绝望了，婚姻这个万恶的制度为什么还没有被推翻？

我曾经与一位美国青年探讨过这个话题，他的女朋友是越南人，为了解东方，他来中国上海工作，并给自己取了一个中文名：长城。长城有东方情结，一直想要娶一个东方女孩，当他爱上这个女孩之后，两人开始朝着结婚的方向努力。学习语言、更换工作地点，每年与女朋友住在一起的时间不少于 40 天，以及将来共同生活的国家、城市的选择，他们在一起讨论的经常是这些，有时候他们像是恋人，有时候又像是一家公司的合伙人。今年是他们恋爱的第5年，对于为什么需要恋爱这么长时间，他给出的答案也十分明确：因为是异地恋，我们需要更多的时间彼此了解，规划未来，解决结婚后可能遇到的问题。

长城对于中国年轻人潮流的"累觉不爱"、"懒得恋爱只想结婚"等十分不解。你们都是妈宝吗？在向谁撒娇？生活可不是你们的妈。

不仅有爱，更要有规划与经营，是长城所理解的婚姻。他在婚前所做的一切准备工作，都是因为他敬畏婚姻。

有时候也会遇到这样的倾诉，我们是异地，我父母不同意，但我想跟他在一起。然而，当你问，你们对未来有什么规划，今后是你去他的城市，还是他去你的城市，对方却一脸茫然。他们只知道想在一起，却从来没有为在一起而做一份详细的规划，这真怪不得父母。无论是父母还是其他人，支持都需要有理由，甚至有希望，既看不到理由，又看不到希望，支持你们其实是害了你们。

长城曾经问我，中国女孩为什么那么喜欢结婚，但她们对于婚姻好像想得太简单了。我不知如何作答。当然，我可以说中国的父母是逼婚小能手，中国还存在歧视大龄未婚青年的恶习。然而即使这些都是理由，却依然不能掩盖这样的事实，就是许多中国年轻人对婚姻缺乏敬畏。他们想要结婚，却并不尊重婚姻，想要白头偕老，却并不愿意为之付出努力，正好应了康永所说，"我们周围有太多的人"。当他们说"我好想要这个那个"的时候，其实只是想说，我好想要什么都不做，就得到这个那个。

想要自由,但你准备好了吗

对于终身未嫁的女子,人们总是过于轻易地给予同情,而很少想到自己在经营一段长久关系过程中,所遇到的挑战与痛苦。

世俗偏见是无论什么样的女人,都一定要结婚,即使她有能力将自己的生活安排得很好。在歌舞升平、锦衣玉食中,只要戴着未婚的帽子,总会被想象为一幅孤独寂寥的画卷。

既然长久而稳固的温情总是需要我们消耗太多的精力去获取,孤独其实也并不那么可恶,尽管它并非人生最好的状态,却是更加接近自由的状态。

明清"秦淮八艳"中,有一位名叫马湘兰,她是大城市的姑娘，生于南京，长于秦淮河畔，误入烟花柳巷，避免了她被时代的车轮辗压成尘。

她本名守贞，因为爱兰又擅画兰竹，取艺名湘兰。据说她"姿首如常人"，却"神情开涤，濯濯如春柳早莺，吐辞流盼，巧伺人意"，在秦淮八艳中，她是唯一不靠姿色，以"德"服人的艺人。身处欢场，却能以德服人，可见此人情商之高。反映马湘兰高级情商的著名案例是一位丫鬟不小心打碎了名贵的玉簪，惴惴不安，马湘兰抚手道："哎呀，很久没有听到这样好听的玉簪落地的声音了。"

为人旷达，"挥金以济少年"。对于艺人来说，好人缘意味着地位与财富。来往于马湘兰闺阁的多是文人雅客、王公贵族，她自然也不差钱。在秦淮河畔盖了一座小楼，取名"幽兰馆"，曲径通幽，满植兰花。虽为青楼女子，出入却是贵妇人的气派，难免树大招风，被黑社会盯上。与马湘兰纠缠一生的男人王稚登粉墨登场，利用自己的社会人脉，帮马湘兰摆平了黑社会。女人在最脆弱的时候总是容易被打动，恍惚有那么一瞬间，她产生了跟定这个男人，找到人生靠山的念头，可惜眼前的男人与其他所有男人一样狡猾，承诺于他们而言是冰山与铁链。

此后三十余年，两人一个在南京，一个在苏州，地理距离并不遥远，一共通书信八封，信中，她称他为二哥。偶尔，她去苏州看他，他来南京看她，她送礼物给他及他的家人，包括夫人。不能因为一个女人没有结婚就觉得她是寂寞的，她的生活中从不缺乏男人，50岁的时候，她还遭遇了一场姐弟恋。20出头的少年如痴如醉地喜欢她，不仅为她掷下重金更要娶她为妻。她自由自在一辈子，当然不会晚节不保、自投罗网，以一句"你见过我这么老的新媳妇么"，让男人断了念想。

　　自古烟花女子不登正房，她即使嫁人，也只能与人为妾，混得好可以是顾横波，混不好就是冯小怜。她既不缺男人，也不缺房子，甚至不缺稳定的生活，她缺的只是一个名分，然而为了一个名分，却要冒失去现有一切的风险，这笔买卖不划算。

　　马湘兰对于王稚登究竟有多少爱？如果你认为女人一定要忠贞地爱一个人，可以想象成爱比海深；如果你认为孤独却自由的生活也是不错的选择，爱情就不过尔尔，至少她并没有爱他胜过爱自己。

　　1604年，王稚登70大寿，马湘兰带着一个舞蹈队去为他祝寿。此时马湘兰已经57岁，有自己的院落，自己的财富，自己的姐妹，还能组织自己的舞蹈队，给想要报答的男人祝寿，人生如此风光，何谈"孤单谁惜在天涯"。

"四座填满,歌舞达旦。残脂剩粉,香溢锦帆,自夫差以来所未有。"从王稚登的描述,可见这场寿宴之盛景。马湘兰在苏州停留两个多月,回南京不多时,自感不适,沐浴更衣后,端坐于"幽兰馆"中仙逝。结局如此利落干净,唯一让人感到多余的倒是王先生的悼念诗:"歌舞当年第一流,姓名赢得满青楼,多情未了身先死,化作芙蓉也并头。"一位曾经向自己表露好感的女子,如果终身未嫁,男人总忍不住沾沾自喜,却不知他拒绝她的那一刻,倒可能是她一生中最为幸运的时刻。

马湘兰自由自在的一生,也是孤独的一生。人们总愿意同情这样的人,因为我们自己所选择的人生,往往是钥匙扣的一生。随着岁月变迁,年龄增长,不断地往自己身上挂钥匙,它们是爱情、亲情、道义、责任等等,挂满一大串,看上去既丰富又热闹,还显得富贵逼人,它却有一个致命的缺点:沉重,尤其在当你想飞翔的时候。而有些人的一生,就是一把钥匙,独来独往,没有牵挂也不贪恋热闹,来往潇洒干脆不免显得薄情寂寥,然而他们的人生是轻松的。

如果你想要自由,就要做一把钥匙,你需要的东西越少,起飞时越轻松。两者兼得万不可能,若不伤己,必定伤人。

我眼中的完美人生

一位从未见面,她知道我的存在我却不知她的存在的读者,有一天忽然出现在我面前。我们彼此相识,正巧同路,便一起乘地铁回家。在地铁上聊天,说起自己眼中完美的人生,竟然不约而同地想到邓丽君。

的确是一件神奇的事。按照世俗的眼光,邓丽君是一个苦命的女人,未婚、早逝、无后,人生的不如意,她简直占全了。然而,正如高晓松所说,女人老年的幸福都是年轻时的辛苦换来的,邓丽君活得更像一株植物,没有为人的沉重与辛苦,甚至连她告别人间的方式与时间点,都令人羡慕不已,没有病榻的折磨,没有老年的辛苦,干脆利落华丽。

人与人所理解的完美人生是不一样的,杨绛固然也是完美,却是过分的完美,旁人无法企及的完美,要占全了天时地利人和,百年千年方修得一位。而邓丽君,因为她的完美是某一种意义与某一种理解上的完美,是大多数人可以选择的完美。

邓丽君外貌的美,正如她一贯的风格,不惊艳,不完美,似乎人人可以企及,却又不知不觉地有一种无法言说的高度。她算不得天仙般的丽人,鼻梁不够高挺,下巴不够有型,嘴唇太薄,然而就是这些不完美的五官,放在一个人脸上,却显出清秀淡雅的美感,何况她有 167 厘米的身高,修长的腿与葱白似的皮肤,她是不惧与林青霞合影的人。她们各有各的美,一个美得耀眼,一个美得从容。

她的前男友成龙先生这样评价她,温柔、聪明、有幽默感又美丽,在美食与着装方面有着非同一般的高品位。她是典雅的化身,举止得体,礼貌周全,"我觉得自己配不上她"。

她一生至少谈过六次恋爱,也许是九次甚至更多。"爱情多一点也不怕。"她说。没有人是天生的自由者,正如没有人是天生的孤独者。孤独像一片河床,当你发现自己只能在这样的河床中流动时,除了做一条自由自在的河,其实你已经别无选择。邓丽君曾经离婚姻很近。初出道时,与马来西亚企业家林振发谈婚论嫁，林振发因心脏病发作去世，年仅27岁。邓丽君另外一位早期的男朋友朱坚，因空难去世。两位男友的先后去世，给邓丽君究竟留下了什么，她几乎从未提起，只是她变成一个相信命运的人。"算命先生说，我适合背井离乡，这样对我比较好。"她一生都在践行这样的生活态度，在异乡的灯火中品尝生活的滋味，无论东京、纽约、巴黎还是清迈，超强的语言天赋使她可以很快与当地人打成一片，将任何一个他乡作为故乡。

离婚姻最近的一次是与糖王之子郭孔丞。在谈婚论嫁过程中，郭家提出三个条件：交代过去的"历史"；退出演艺圈；断绝与娱乐圈朋友的交往。邓丽君圈中朋友不多，从她居清迈时的深居简出不难看出，退出娱乐圈于她而言也并非难题，只是，当三个条件被赤裸裸地摆在桌面上，颇像秀女入宫前的验明正身，日后所有荣华富贵都是当下放弃尊严换取的，她为什么要选择这样的生活？她又不缺荣华富贵。

大约是这一次之后，她真的断了结婚的念头。爱情永远是自由的，而婚姻永远是不自由的，倘若一份长久而稳定的关系需要我们付出自由甚至尊严的代价，它的意义不过是一个名分的束缚。

邓丽君有能力将自己的生活安排得很好。她在巴黎的公寓庭院里满是葱茏的花草，童话般的水晶灯从屋顶瀑布般垂下，在白日也闪着星星般的光点。林青霞在回忆文章中写道："她在巴黎的这所公寓比我的梦更加完美，可是我感受到的却是孤寂。"每个人所看到的其实都是我们自己，林青霞是一定会结婚的女人，哪怕那段婚姻令她痛苦让她抑郁。邓丽君却未必，虽然她并不忍心辜负朋友的好意，所以当林青霞表示对她的孤单生活的担忧时，她淡淡地说："算命的说我离家远一点，比较好。"

林青霞结婚时，曾经想找邓丽君做伴娘，未果。后来邓丽君打来电话，林青霞说，"婚礼上，我最想把花球抛给你"，邓丽君也没有接话，只是大大方方地说，"我为你准备了一套红宝石首饰"。

既然大家都觉得结婚更好，那些已经打定主意不结婚的人实在没有必要多说什么，她们多说的每一句话都会被质疑为嫁人不易只好硬扛的心酸。每个时代的人，对于幸福都有约定俗成的偏执认知，然而如果说幸福只有一个模样，世间其实根本不存在任何幸福，每一种生活都有它的苦与乐。被束缚的人以牵挂他人以及有人牵挂为乐，不甘束缚的人则以孤独与自由为荣。

"一个亲切自然的姑娘，内心却是孤独的。"在朋友关系中，她永远是占据主动权的那一个，别人联系她很难，需要的时候，她会主动联系。生命最后的几年，她生活在泰国清迈，这是她最喜欢的地方，陪伴她的也是她喜欢的人——比她小15岁的法国青年保罗。

如今清迈的美平酒店，还挂着她与保罗的合影。照片中的保罗年轻、高大、帅气，她不施粉黛地站在他身边，满月脸上没有一丝人工雕琢的痕迹，呈现着她那个年龄应该有的样子。有人说她老、憔悴，然而能够勇敢地在比自己年少的男友面前老去，难道不是比拼命留住青春更值得骄傲？

每个人都会老去，却有一部分女人失去了老的自由，她们拼命想留住根本留不住的青春，在不老的神话后面是一颗被世俗恩恩怨怨、功名利禄束缚得如同木乃伊的心。

最令人羡慕的是，她离去得异常干脆利落，在尚未到达老态龙钟、没有体味一位老人所要品尝的世态炎凉的年龄，她的身边没有亲人与爱人陪伴，但有舒适的床、美好的风景、自己喜爱的屋子，以及曾经路过的人们的挂念。她不曾真正拥有谁，也不曾被谁真正地占有，他们在回忆起她的时候，却极尽赞美，尽管那赞美中有着居心叵测的惋惜，那也不过是对于人生不够完美的叹息，谁的人生又是完美的呢？尤其对于一个女人来说。

成长是一场健身运动

　　成长是一件不怎么舒服的事，在舒服的状态里待得久了，往往就忘记了什么是成长。

　　去年冬天，我开始有计划的健身。之前也会跳跳"郑多燕健美操"，跑跑步，基本上随性而为，三天打鱼两天晒网，只是对外多了一个谈资，对于意志力的培养，几乎零作用。

　　终于有一天，我在气喘吁吁地登上一座小山丘的时候，意识到自己的身体正早于容颜老去。老并没有什么可怕的，每个人或早或晚都要面对，我是被自己放任的态度吓了一跳。我的微博标签上还戴着"运动达人"的帽子，时常接受杂志采访，谈跑步心得。没错，我的确每个月会跑那么一两次，还差点一时冲动去跑"半马",然而,这一切都是在随心所欲的状态下完成的,聊胜于无而已。

过去几年,我是一个活在港湾里的人,无论身体还是心灵。

港湾中只有平静的生活,而不会有个人的成长。某一天,当港湾消失,你才发现自己的身上已经锈迹斑斑。如果可以保证永远待在港湾里,人是不需要成长的,然而正因为生活不断告诉我们"永恒"的脆弱,我们才明白成长的可贵——成长与健身一样,是为了让自己更加强壮,以备不时之需。

那一次登山的疲惫,让我对平静的生活产生警觉,我办了一张健身卡,开始每天去跑步、游泳、上操课。起初的两周,我兴致勃勃,可以为了健身,推掉一些应酬;为了健身,提高工作效率;为了健身,放弃微信刷屏,然而新鲜感像一阵风,很快就过去了。我开始以各种理由拒绝去健身,像我们以各种理由拒绝成长一样。

"其实我只要把衣服穿对了,就不显胖。"

"体形是天生的,我妈妈很早就是小腹婆了。"

稍有松懈,健身的时间就被杂事吞没了。原来运动所紧致的并不仅仅是肌肉,而是日常生活的节奏。

当你意识到生活需要改变,兴致勃勃地开始,却往往因为微小的困难而败下阵来,因为失败并不会造成山崩地裂的恶果,只是影响了你成为更好的自己。

　　健身与成长都是如此,绝大多数人不能够坚持,是因为它终究不是一件舒服的事情,跨度时间长,中间会遇到困难与倦怠,更重要的是,即使选择退回去,暂时也看不出对你的生活有什么影响。影响在很多年后才会显山露水,不成长的人带着一肚子生活欠了他们的怨气,不健身的人带着一身生活交给他们的赘肉,到那时,你或许会想到,10年前,如果坚持一下,如今就能像维多利亚·贝克汉姆一样,穿紧身裙与恨天高,或者至少不比你所认识的王小姐或者李小姐更缺乏追求。

　　如果懵懵懂懂地到了感觉来不及的年龄,你才忽然发现自己手里握着一把烂牌,命运以强势的面孔面对承受能力日渐衰弱的你,并非命运不公,而是缘于你之前对于自己的放任。

　　当然,如果你内心足够强大,其实也可以面对迟到的成长。

　　我婆婆的成长就来得特别晚。在18—45岁之间,她生活在一个舒服的环境里。国企,铁饭碗;档案保密工作,无压力;丈夫听话,儿子争气。45岁的时候,国企倒闭,她下岗了,同在一个单位的丈夫去深圳打工,儿子在外地读书,婆婆第一次明白了孤单无助的意义。她依然带着过去年代大企业的员工先天的优越感,遇到了当年她称之为"小混混"的女伴。如今的她,事业风生水起,家境殷实,丈夫不必背井离乡去打工。

有一段时间,她特别痛苦,觉得全世界都亏欠了自己,不愿意面对任何人。

经历痛苦之后,婆婆意识到她需要找点事做,于是选择去健身。与那些跟在一群人后面摇胳膊晃腿的大妈不同,婆婆的健身目标明确,一丝不苟。最开始练太极拳,她买了光碟,对着电视机一个动作一个动作地抠。她学得很慢,却学得扎实。她有意选择了这种不舒服、却收获大的方式,心里憋着一股劲儿。3个月后,她在公园打太极拳的时候,经常有人主动上前称她为老师,与她交流切磋。

此后发展到八段锦、木兰拳、木兰扇,它们像是横在婆婆面前的山峰,她迈开大步,闷头攀登。

因为这些运动需要搭配音乐,她又开始学习电脑,一天8个电话地向儿子请教,慢慢掌握了音频视频制作。去年春节回老家时,她将全家人的录影与照片制作成MV,配上好听的音乐,放给我们看。台湾演员张震演一部《一代宗师》便拿下全国八极拳冠军,其实也没什么了不起,婆婆不就是我身边活生生的张震吗?与颜值无关,与励志有关。

如今每次经过广场，看到那些跟着大部队有样学样，动作从来不入脑，别人不做他就不会的老人，我便感叹，同样做一件事，有些人在混日子，有些人在谋成长，最终，他们必定成为两类人。

　　婆婆不懂得"成长"这样高深的词，她只是承认，坚持不懈与认真努力改变了她的退休生活。她的性格变得开朗、自信，无论是早晨锻炼还是同学聚会，只要交流拳术剑术，她皆可以立刻脱颖而出，大放异彩。

　　"成长"因为被励志文章提到的次数太多，越来越像一个虚空的字眼。其实认真努力去做一件对自己的身心健康有益的事，直到产生成就感，就是最好的成长。它不仅可以帮助你度过工作的瓶颈，事业的不顺，更有益于增加你迎接挑战、藐视困难的勇气。

　　做有益的事，不必考虑路在何方，你又将得到什么。有些坎是不知不觉迈过去的，就像我第一次在跑步机上进行为时40分钟的奔跑后，小腿肌肉疼了三天，而当我上了两个月的操课之后，再进行40分钟的跑步训练，已经完全不知还有腿痛这件事。

　　这样想想，成长究竟有什么难呢？若说难度，也只是难在我们总是对成长想得太多，而做得太少。

遇到更宽阔的自己

一种生活过得顺利，就会安逸，而有时候，安逸是一个陷阱，让一天天一年年，如同飓风吹动的白云一样，汹涌而去。

当写作慢慢成为一种习惯，安逸就成了我的陷阱。每逢天气恶劣，微信朋友圈关于上班路上坏天气的吐槽不断时，我沾沾自喜于自己完全不必出门，这样的自我陶醉，起初是喜悦，渐渐却成了习惯。幸福固然还在，却从一条宽丝带变成了细丝线，对于幸福的钝感越来越强，好像世界上只有一种生活，就是我已经得到的。

逐渐意识到自己拐上了一条小路时，我决定开一间咖啡店。

与那些梦想开咖啡店,并且觉得咖啡店就是他们的世外桃源的人不同,我从一开始就明白,所谓世外桃源是你坐在咖啡店里消费,而并非身体力行地去开一间咖啡店。

开店之前的十年,我的作息时间是晚上十点入睡,早晨六点起床,对于晚上十点以后的世界鲜有认知,既然每个人都活在自己的偏见中,我的字典里十点之后便是梦乡。开店以后,十点上床便由习惯变成了奢侈,另外一种生活,另外一个世界光鲜闪亮地出现在我面前。

距离咖啡馆不远处有一间副食店,一对40岁左右的夫妻带着一个七八岁的小女孩,一间小店养一家人。虽然门面仅仅两三米宽,经营最常见的烟酒副食与饮料,它却每天营业到凌晨两三点钟。白天女主人守店,晚上换班男主人,男人光头,肌肉发达,热爱搏击。当我凌晨时分离开咖啡馆,可以看到小副食店的白炽灯顽固地亮着,他站在灯下,面对一台小电视机,挥舞臂膀,吼吼哈哈。他大约是李小龙的粉丝,即使在最冷的冬夜,也光着膀子,于市井深处虎虎生威。

困守在小店一隅,原本是一件枯燥无聊的事情,然而因为有一个大侠梦,并且他日复一日、身体力行地进行这个角色扮演,他的人生便像一部电视剧,分成了两条线索,分饰了两人角色,由单行线变成了两车道。

在每天十点入睡的日子里,我并不知道夜晚的世界如此忙碌,这忙碌又与白日不同,白日的忙碌是眉头紧锁的,夜晚的忙碌则是热乎乎的。我像一个初到陌生世界的孩童一样,好奇于那对凌晨三点出来遛狗的老年夫妇,那只"萨摩耶"洗得干干净净,雪球似的跑在前面,他们穿着夹棉家居服,快步跟在后面,精神矍铄,没有倦态;我也好奇于那家每晚营业到凌晨四点的烧烤摊,两夫妇乖巧的儿子大学毕业后在家帮父母做事,为附近酒吧、咖啡馆的客人送外卖,烧烤摊生意火爆,儿子虽然放弃了大学所学的专业,脸上也洋溢着一个前途光明的年轻人应有的安静祥和;我还好奇24小时营业的兰州拉面馆,深夜经过时,店里总是没有生意,然而在街灯昏黄的路上,它的招牌闪亮,回族女主人戴着特殊的头饰,坐在门口的板凳上,张望人烟稀少的街道,她的身后,冒着蒸汽的大锅维持没有客人的店铺以及寒气袭人的深夜的温暖。

我认识了夜晚的城市,也认识了咖啡馆形形色色的客人,原来,在我不知道的角落里,有另外一种生活。

我拣起在散漫的自由生活中丢失掉的时间观念，也拣起了更多一些了解这个世界的热情。所谓一生活过几生，关键的问题不在长度而在宽度，勇敢地选择不一样的生活，多一次冒险，就多一次体验不同人生的机会。

歌手李健在写他自己。清华男毕业之后，顺理成章进了稳定的单位，有一份稳定的工作，前方的路，像一条清晨的单行线，清晰可辨。然而他却在某一天，辞职去做歌手。他的人生开始宽阔起来，对于他人来说，他是因为有了今天，所以那一天的选择是辉煌的，而对于他自己而言，即使没有今日的万众瞩目，那一天的选择也是正确，因为他开始了另外一种人生的可能性，遇到了更宽阔的自己。

为什么要开一个咖啡馆，不觉得琐碎吗？你的生活已经很稳定了，为什么还要改变，不觉得冒险吗？面对这样的疑问时，我愿意向他们讲讲春天，院子里的花草。在刚过去的这个冬天里，我时不时会去折一条红枫或榆树的枝条，感受它们枯枝中的水分，否则我忍不住怀疑它们已经死了。然后忽然，几乎一夜之间，每一个枝丫上面都爬着细叶，争先恐后地追赶春风。因为花草树木是咖啡馆不可或缺的一部分，我学习了园艺知识，惦记它们，侍弄它们，同时羡慕它们对这世界求之甚少，羡慕它们踏着不变的步伐却永远饱满着热情与欢喜,同样的情绪,也付与了院子里的锦鲤与鹩哥。

人,生而懒惰,由职业而催生的兴趣爱好最为长久。新鲜的职业促使我去学习新鲜的技能,对生活有了新鲜的情绪,虽然也增加了一些新鲜的烦恼,然而既然烦恼如呼吸,如影随形,新烦恼其实远远好过老烦恼。

中国古语云,穷则思变。当物质困乏所造成的"穷",变得不再紧迫时,精神世界的匮乏、人生经历的缺乏,大约可算作另外一种"穷",同样可以造成思变的效果。思变的结果,有人转头扎入羊肠小道,像那位在天涯上发帖的上海男人,与太太一起,不工作,不生孩子,不买衣服,不旅行,每天待在家里上网,全年家庭开支两万元,单调的生活若能沉下心来,便可成为简单的生活,然而这终究是一条小众路线;更适宜大多数人的康庄大道是力所能及地选择更加入世与丰富的生活,了解这个世界的趣与好。往往兴致勃勃的人生比急功近利的人生更加稳妥,因为前者享受过程,而后者享受结果,过程我们容易掌控,而结果,有一半的投票权掌握在上帝手中。

当一切都很好,我们为什么还要选择改变?为了另外一种生活的可能性，为了更宽广的人生。

重新开始，辛苦与未知都是必然。"享受过程"是一句烂俗的话，于我个人而言，常常觉得一个人要做出选择，那个选择最终的结果如何，其实都没有你有权力与能力做出选择这个事实，来得振奋人心。

戒掉缺点，就戒掉了你

　　人与人的关系，永远充满了小心翼翼与权衡利弊。两个人的优点与缺陷纠缠混杂，达成平衡，从而构建出爱情或者亲情的房屋与桥梁。尽管个人的改变是一件好事，然而，当某一方的缺点减少，优点增加，房屋与桥梁的平衡就会被破坏。

　　也许可以重建，也许就此坍塌。

　　文与刘是我身边最恩爱的夫妻，从未见他们吵架。文的话多，常常像大雪天的冷风，裹挟着小刀子吹在刘的脸上；刘却像一只电暖气，他那与实际年龄不相称的大师般的慈祥笑容，瞬间化解了迎面而来的雪花做成的利刃。

　　刘的左耳小时候游泳得了中耳炎，没有及时就医，导致耳膜穿孔,几乎丧失了听力。虽然他的右耳是正常的,但倘若你面对面地与他说话,或者恰巧在他失去听力的那只耳朵旁边说话,他便有了一项令人羡慕的选择权,可以听也可以不听。

与他们夫妻待在一起久了,会影响我们对待自家丈夫的态度。因为刘模范得近乎完美,不仅做到了骂不还口,更难得的是心里绝无一丝半点的怨恨。相反,他总说文很好,聪明、能干、要强,是个典型的女汉子,家里大大小小的事,她都不仅拿主意,还能做得八九不离十,需要刘出面的,只是在必须由男人出面的事情上,比如去领导家送礼。

刘被养得白白胖胖,愈发像一尊菩萨。每当文因为鸡毛蒜皮的小事大发雷霆,刘总是偏着头,让失聪的那只耳朵迎接疾风暴雨,然后面露无辜地说,"你在说什么啊"。文愤怒的表情立刻切换到了无奈,狠狠地扔下一句"死聋子",便去做饭了。每当她憋着一股气,反倒能将饭菜做得格外精致可口,好像是为了证明自己的人生,并没有因为嫁了一个听力不好的人而变得一地狼藉。刘在餐桌上大快朵颐时,当然不会忘记夸赞文,善于夸奖太太是他的重要优点。

常常,文会抱怨刘的缺陷,说自己嫁了一个聋子,我们却总是将这种抱怨当作她的撒娇。在许多夫妻的感情如刀上舔血般微妙与不安的当下,他们感情深厚,在彼此的人生中纠缠得如此深刻,无疑是令人羡慕的。大家曾私下议论,即使全天下的人都离婚了,文与刘都不会。这话不知怎么传到了文的耳朵里,她想了一会儿,说,如果刘的耳朵不聋,我会更喜欢他。

后来有一段时间,我没有看到刘,文说他去美国妹妹那儿换人工耳蜗了。

刘此行,花了十几万,不过,钱花得值得,他的听力几乎恢复到了正常水平。文非常高兴,不再像过去,将刘藏宝贝一样藏在家里,而是经常带出来参加聚会,晒晒自己完美的丈夫。

然而,尽管不是一夜之间,却也快得超乎想象。刘由一个过早变得慈祥的男人,变成了一个思维敏捷、性格外向的男人。文起初是得意的,她说刘原本就是一个肚子里有货的男人,只是限于身体缺陷,喜欢把自己藏在暗处,现代科技治愈了他身上的唯一不完美之处。

那天,我如约去文的家里取她代我网购的东西。房间里面静悄悄的,我问"刘呢"。"还不是死在房间里忙自己的事。"文说话的风格一贯如此。令我完全没有想到的是,刘忽然从房间里冲出来,说:"什么叫死在房间里?你那么盼我死吗?"

我正在换鞋，进也不是，退也不是，脚不知往哪儿放。文的脸涨得通红，在我认识他们的十年间，听到过文说刘更难听的话，却从未见过这对夫妻如此尴尬。

匆匆取了东西，我便走了。刘礼貌地与我打了招呼，文送我下楼，说："我觉得他变了。"

棉花团似的刘，身上忽然有了强硬的东西。

吃自助餐，刘打开一罐啤酒，文抢过来说："老板最喜欢你这种坐下来就喝啤酒的人，肚子喝饱了，生猛海鲜都吃不下去了，给老板省钱。"文就是这样一个说话不过脑，却让人不设防的人。我们都笑起来，期待刘露出孩子般天真的神色，摇摇头，然后不声不响地端回一大盘基围虾，吃个底朝天。刘不声不响地走了，却又拿来一罐啤酒，打开喝了一口。文没有再说什么，只是那顿饭，吃得不愉快。

随着刘的耳疾被治愈，他身上曾经与文契合度非常高的部分像经历了一场看似温柔实则锐利的春风，被一点点风化掉了。文的唠叨令他无法忍受，文"凡事做主"的女汉子作风也让他觉得难受，他试图改变文，却没有意识到，从他们恋爱开始，文就是这个样子。

渐渐，文的羽翼下，再也藏不住刘。刘在每件事上都试图崭露头角，与原本棱角犀利的文不断碰撞，先是轻微的试探，最终却成了彼此的头破血流。

朋友之中，对待文与刘的态度也是分裂的。有人认为刘不该说变就变，有人却认为文原本是不对的，过去她那么强势，换上哪个男人也受不了，她应该调整自己，变成一个正常的贤妻良母，以配合刘的改变。

这场争论注定是无果的。

刘的忍受并不是因为爱她，而仅仅因为自己的缺陷，这是文最无法接受的。可是，文对刘的爱也未必如自己想象那样纯粹。如果她爱刘，当他的耳疾治愈，人变得开朗、外向、有自己的想法，她难道不应该为此开心？她如今的失落，是否也证明了她爱的并不是他，而是他的缺陷，他的弱势？

当然，如果刘在耳疾治愈后，依然像过去那样，脸上挂满过早到来的慈祥，则天下太平。只是这是最没有可能的一种可能。上帝打开一扇窗必定会关闭一扇门，问题不是出在上帝身上，而是作为会思考的动物。人类永不可能放弃权衡与算计，那些权衡与算计，甚至不是出于有心，而是像呼吸与烦恼一般，在无意间已经完成。

文与刘，这对最不可能离婚的夫妻，走到了离婚的边缘。

那天,他们吵架吵到高潮,刘据理力争,文寸土不让。最后,文对着刘的耳朵咆哮"你再这样,我们就离婚"。她看到自己的丈夫神情忽然变得怪异,以为他害怕离婚,便就离婚的细节展开了漫长的演讲。刘一言不发,以极大的耐性等待文发泄完毕后,默默地走进书房,关上了门。

刘跟远在美国的妹妹聊了半个小时,告诉她自己的左耳忽然又什么都听不到了。妹妹建议他赴美国检查。"新科技,你就是一试验品,当初已经跟你说了,你非要花这笔冤枉钱。"似乎不顾他人心境地实话实说是每个已婚女人的通病,文如此,自己的妹妹也是如此。刘想了一个晚上,第二天对妹妹说,不去美国检查了。

这个消息,刘对文隐瞒整整一个月,毕竟,装人工耳蜗花了家里一大笔钱,他做好了挨骂的准备。文却什么都没有说,只是去厨房给刘盛了一碗莲子银耳汤。

第二天,刘很早就醒了,盯着天花板发呆。当文开始翻身,他侧头看她。她的皮肤在早晨睡足觉的时候特别水灵,小皱纹都不见了,又白又光。眼睫毛不长,却很密实,鼻头有肉,是传说中财运好的女人的鼻子。她的鼻孔均匀地出着气,有几根落在鼻翼处的头发跟着一起一伏。很快,他的注视唤醒了她。

刘不好意思地冲文笑,说出了自己想了一夜的那句话:"对不起,花了咱家那么多钱。"

"还去治吗?"文问。

"不折腾了,就这样也挺好。"刘说。

文起身穿衣服,然后去厨房张罗早饭。

他听到她在厨房里叫唤,却懒得听她叫唤什么,反正也听不清。过了一会儿,她旋风似的冲进来,指责他昨晚吃完银耳莲子汤的碗没有洗。

"好,我去洗。"他顺从地说。

"哪用你洗,你又不是洗碗的人。以后记得泡在水里,汤干在上面,不好洗。"文说。

刘笑了一下,像做错事的孩子面对原谅他的母亲,笑容里既有放下心来的满足感,又忍不住带着讨好对方的意味。

文回到厨房,认真地洗那只隔夜的脏碗,边洗边哭,为他们突如其来地回到从前。

他们重新成为众人眼中的模范夫妻,却再也没有听到文说,如果他的左耳能够听到,就完美了。

后来,文对我说,越是强势的女人,越容易爱上一个"瘸腿"的男人。我问她,是不是因为他满足了她的母性意识与拯救情怀。文点头。

爱与其说是一种邂逅,不如说是一种宿命。正是那个人的缺陷满足了我们,使我们的长处有了施展的空间,而不是他们的优点吸引了我们。尽管优点是重要的,却从不具有缺陷那样打动人心的力量。优点只是菌类,生长于缺陷这株大树上,当你搬动了缺陷,优点也会散失。

只是,没有人愿意承认这个,我们最终抱怨的,总是那些恰恰吸引与打动了我们的事。

如果一切不像开始想的那样

青梅竹马、两小无猜，若没碰到纷繁的乱世或者有一对糊涂的父母，通常就会成就爱情童话。我的朋友Ｓ与Ｄ就是这样。他们相识于微时，一起读初中、高中、大学，从小城市去了大深圳，工作不错，收入稳定，然后结婚了。

对于在结婚前已经滋生了浓厚亲情，互相陪伴走过青春岁月的人，爱情已经不是问题。

结婚那天，他们买了一对玩偶，取名为布布与阿偶，一男一女，一家四口，是他们心目中完整的家。然而，布布与阿偶所象征的幸福美满却一直没有到来。与许多慌慌张张寻找不孕不育专家的夫妻不同，Ｓ与Ｄ心照不宣地选择了顺其自然。

他们不想知道究竟是谁的问题，不想求助于科技手段。在这条路上艰难跋涉、焦头烂额、彼此埋怨的例子他们见过，那是他们想象不出的不堪。

一件事情，当你开始去做，就会成为"执"，一旦失败必然形成打击。与去努力却终失败的打击相比，从未努力，所以从未获得，是S与D愿意接受的结局。

他们带着那对玩偶，布布与阿偶，去茶舍喝茶，与他们合影留念；当一碗担担面端上来时，布布与阿偶被头对头摆放在桌子上，仿佛立刻准备拿起筷子尝一口。当D将要远行，S开车送他去机场，布布在D的行里箱里，阿偶在S的双肩包里，两人安心道别，互不担心对方的孤单。

时间一晃而过，生育的希望越来越渺茫。

S与D终于知道，原来有一种人生，叫作一切不像开始想的那样。无论开端多么美妙，过程多么顺利，既没有腹黑的后妈，也没有恶毒的闺蜜，没有变态的老板与意外的失业，一切指标都指向你们将幸福美满地过完这一生，却还是有一根小刺，藏在某个阴暗的角落里，露出奸诈狡猾的面孔，端出一桌名叫梦想成空的宴席。

S也是有权利抱怨的，她可以歇斯底里地叫嚷，你知道没有孩子这件事，对一个女人意味着什么吗？D当然也可以上演怒吼帝戏码，不孝有三，无后为大，让我如何去见人。

当你意识到这根小刺的存在，它就会日积月累长成利刃。失与得是人生超市打包出售的方便面，顾客体验如何，全在于你眼睛盯着哪一包。

S与D是我所见到的最完美的夫妻，尽管他们的婚姻有着世俗眼中重大的缺憾，然而正是因为这种缺憾，形成了一种罕见的凝聚力。

如果说对于成年人，养育孩子是一次持续成长的机会，那么，不孕不育同样也可以成为成长的契机。尽管人人都学会了假装无所谓地感叹世间没有完美生活，骨子里却多少对于完美抱持渴望，所以我们很容易敏感于现实的不快与命运的不公。放下手边可以轻易获得满足的事情不做，而去追寻那些难以得到的。当我们找到一位很帅的男人，却又希望他有钱；当我们找到一个有钱的男人，却又希望他专一。我们总是不能享受生活已经给我们的，而是要求他并没有给我们的那些，理由是别人很容易获得了，所以我也要。

S与D的成长，得益于他们始终避免自己落入这种世俗的拧巴。前半生走得那么顺，命运挖个坑算什么？命运又不是德艺双馨的老艺人，对于这个坑，小心翼翼地绕过去就好。我仿佛看到S与D在这场与命运的谈判中，挥舞着布布与阿偶，卖萌地说："我才不上你的当。"

我第一次见到乐之，以为她会是一个怨妇。

从旁人那儿得知，她刚刚经历了一场许多女人都可能经历的战役。爱情、阴谋、出轨、猜疑、伤害，众多戏码一一演过后，他们开始坐下来谈财产分配。他们从十几岁相恋，结婚6年。结婚时，他是个体院毕业的穷小子，她成长于小康之家，她没有嫌弃他，他也没有辜负她，他们一起从苦日子里寻找希望，慢慢走到了眼看要苦尽甘来的现在。

说起这段感情的失败，乐之并没有太多埋怨，她应该已经从哭泣的日子里走出来了，如今剩下的只是不无惋惜：我失去的不是一个人，一段感情，而是意味着改写我的人生计划。

在两年前，乐之就在实施自己的计划。她努力工作，努力存钱，随着丈夫的工作有起色，他们存的钱几乎可以买房子了。从去年开始，乐之有意减少工作量，努力锻炼身体，她准备生育一个射手座的孩子，计划在今年二月怀孕。然而去年年底，他们的生活被一条微信改变了。

乐之无数次想，倘若她假装没有看到，是否生活就可以继续一步步接近自己当初设想的模样？然而那需要多么笃定而坚强的内心，除非设想的生活就是她的信仰，她才可以假装什么都不知道，安享那虚伪的歌舞升平。

乐之做不到，在修改人生计划与改变自己之间，她选择了前者。足足花了半年时间，乐之才开始接受"生活已经与自己开始想的不一样"这个事实。为了走出被伤害阴影，她甚至尝试着去理解他——一个卑微的男人，顺利地得到了年轻、漂亮，家境比自己好的女人的爱，顺利结婚，人生开始一步一步地走上坡路。他以为这个世界可以按照自己设定的程序前行，一方面拥有稳定的家庭，另一方面补上他年轻时因为卑微而没来得及丰富的情感生活。

站在他的角度，乐之清清楚楚地看到了，自己所设想的完美生活，与他所设想的完美生活是不一样的，既然如此，最合理的安排是一起破碎，谁也不必成全谁。

我问乐之是不是因为恨，所以一定要打碎，乐之笑笑，说："我想给大家一个公平的成长机会。如果我忍了，他就失去了这个成长的机会。"

我认真地看她，这个穿小黑裙的优雅女孩，瘦弱的身躯里面竟然隐藏着暗夜无边似的冷静。她没有将自己的离开当作对他的惩罚，相反，她认为这是恩赐。所以她在离开这件事，甚至在划分财产的时候，毫不手软，顺利争取到了属于自己的那一份。

当然有人说乐之狠心，我却觉得乐之对于即将成为前夫的那个男人的爱，是真正健康的男女之情。她没有成为那个男人的母亲，为他的痛苦担忧，甚至担忧万一外面那个女孩子不跟他结婚怎么办；她更没有成为他的女儿，贪恋他给自己的温暖，离开了他连路都不会走。

一段好的爱情，是互相成就，一起成长，所以我同意乐之所说，目前的结局是他们最好的结局。尽管这个结局，不像开始他们想的那样。

对于生活，我们总有自己的蓝图，然而不知是谁篡改了剧本，或许因为不够坚韧，或许我们生存的世界原本飘忽不定。

一天晚上，我看到有位朋友发送了一条只有四个字的微信：一切破碎。我琢磨着这四个字，想着 S 与乐之，以及我身边许多朋友。我们的脑海中曾经被固化了很多美好的词汇，它代表一种我们向往的生活。当想到爱情的时候，就是甜蜜、信任、白头偕老，等等；当想到生活的时候，就是悠闲、快乐、一天比一天好，等等；当想到工作，它是勇敢、追求、付出就有回报，等等。然而终究会有那么一天，你发现那些美好的词汇如此苍白无力，它所描绘的是一个过于简单的二维世界，而这个世界原本是三维，甚至四维的。

有时候，我们不是因为情感而受伤，而被破灭的幻想刺伤了。

一切破碎，是重生的开始，蓝图更改，是成长的开始。当你也学会在深夜，发一条"一切破碎"的微信，恭喜，新生活即将开始，虽然它总是不那么舒服。爱幻想的人，若不能将幻想投注于艺术领域，而是嫁接在现实生活中，世界就会对他们格外残忍。

现实经不起幻想，艺术可以，这就是人类热爱艺术的原因吧。

PART 5

所谓世间，
不就是你吗？

　　客气像一堵无形的墙，隔在我们中间。我放下电话，忽然伤感起来，意识到在这个偌大城市相逢、相知、曾经亲密无间的两个外地女孩，也因为这个城市的大，而终于彼此无法抵达。无论地铁是否通车，在这个城市，都不再有一个人，会在深夜打电话给我，请求我的即刻到达。

在大城市找一个人有多难

18岁以前,我待在一个名为金昌的小城市。它位于古丝绸之路的中部,西北是金张掖,东南是银武威,古时属凉州地界,玉门关离此不远。金昌原本是一个镇,在我少女时代才建市,它是我心中一片娇小的柔软,每一个同学的家皆步行可达。

这么多年,我始终称它为小城。

昨晚,小城的公号推送了一篇描写金昌的文章,名为《穿越一座城的繁华》。这个标题我看了又看,忽然有种我们的时代已一去不复的悲凉感。我并非希望活在过去,然而这个Bigger than bigger的世界,有时难免使人困惑。

我现在生活的武汉这座城市,有时候就大得让人灰心。如果说有一些城市，是因为经济实力或省会地位，而被冠以大城市之名，武汉则完全不是如此。它骑在长江、汉水与汪洋似的东湖之上，地域的宽广成了人与人交往的重要障碍。

我在武汉的第一套房是与前同事一起买的，那个阳光向好的冬日下午，两个毕业工作只有两年，却一个已婚未孕，一个已婚已孕的女孩，去看楼。她们一个月的薪水三百多，那楼盘的价格七百多一平，最后两人决定买前后栋，她的后窗对着她的前窗。

曾经有几个深夜，我被电话吵醒，一次是夫君出差，她家里进了小偷。

"小偷就在客厅里，我反锁卧室了，你们快来。"当我们手持木棍冲上去，她家门洞大开，小偷已经无影无踪。我站在卧室门口喊她的名字，她打开房门，我看到自己如太阳神般闪耀在她的眼眸之中。

第二次是她临产，半夜三更说羊水破了，我与她的先生一起将她送到医院，医生看了一眼，说回去吧，等发作了再来。

当我们的孩子都上幼儿园，我率先搬离了那个小区，我们再相见时，已经需要40分钟的公交车程。她带孩子来我家玩过几次，有一次周日，因为我临时加班，回家时，她们已经来了半天。

从此，她来得更少了。

我们先后搬家，先后辞职，一起买的房子，也先后被卖掉了。

有一天晚上，忽然接到久未联络的她的电话。"我出车祸了，在武警医院。"她说。已经接近凌晨，我急忙起身，奔往她所说的武警医院。那天晚上特别冷，我钱包里恰好没有现金，走了半站路，才找到 ATM 机。的士风驰电掣地奔了 20 分钟。在急诊室找到她的时候，她的脸上仍残留着血迹，头上的伤口已经缝针，正准备打破伤风针，与她坐同一辆出租车的丈夫与孩子倒是安然无恙。

我原本以为她丈夫出差了。

她很快察觉了我的不快与疑惑。当我摸出一块湿纸巾帮她擦脸上的血迹时，她不好意思地说："不知怎么就把你当娘家人了，你一来我就安心了。"

时间与距离总能磨损一些亲近。当她终于随着找到新工作的夫君搬去汉阳的沌口开发区，我们的联系几乎中断了。偶尔在 QQ 上聊两句，相约见面，却总被临时取消。起初是我所在的片区修地铁，尘土飞扬，是为堵城；待我这儿道路通畅，汉阳又开始修地铁，成了司机们的"鬼见愁"。

"等地铁修好了,我就去找你。"我们说着相同的话,时光一晃就是5年。

最近一次通话,她兴奋地说:"我门口的地铁明年底通车,到时候咱们见面,路上只要一个小时了。"

去时一小时,回程一小时,奔赴的约会如此隆重,以至于定然没有办法使它成为常态。

不久前,相识十多年的一个编辑来武汉开会,会务组安排的酒店正巧在沌口开发区。因为她第一次来武汉,我不得不去她的驻地相见,车一路开一路堵。道路不熟、导航弄人,出发前我打电话告诉她,见完编辑,去找她,等折腾到目的地,时间已经比预计推迟了一个多小时。我说不去见你了,你们汉阳堵得人心烦。原以为她会责怪我,未料她客气地说:"是啊,我们家门口围得像桶一样,我也正琢磨着让你别来了。"

客气像一堵无形的墙,隔在我们中间。我放下电话,忽然伤感起来,意识到在这个偌大城市相逢相知,曾经亲密无间的两个外地女孩,也因为这个城市的大,而终于彼此无法抵达。无论地铁是否通车,在这个城市,都不再有一个人,会在深夜打电话给我,请求我的即刻到达。

晚上,我梦到初中时的闺蜜。那一年,我们分别转学、搬家，失去了联系，她却在转学后的第二年暑假，敲开了我家房门。她打听到我家新搬的小区名字，准备挨家挨户敲门找我，结果敲到第二家的时候，就找到了我。

梦里的那个我少女时住过的小城，如今也在一年一年扩大，小城里的人们，自豪地说，"总有一天，我们也会成为大城市的人"。

容易受骗是因为你孤独

母亲被骗了。

早晨十点的时候,她急急忙忙地回来拿钱包。父亲问她做什么,她说,"你别管"。直到午饭时刻,她还没有回来。我们边吃边等。终于,母亲神情恍惚地回来了。进门的第一句话是,"总算到家了"。

原来,母亲早锻炼的时候遇到了一位中年妇女,与她拉家常。相谈甚欢的时候,来了另外一个中年妇女,自称会看相,说我家最近有血光之灾。母亲吓坏了,请她指点。她便说自己道行不够,要找师父。母亲回家拿钱,被叮嘱千万不要告诉家里人,否则就不灵。结果,她们把母亲用车拉到附近的一个小区，一人拿走她的钱与戒指，去跟"师父"商量，一人陪她在楼下等。不久，陪等的人借故走了，母亲等了半个多小时，才反应过来自己是受了骗。

异常拙劣的骗局。在我的眼里，母亲一直是个谨小慎微的人。从困难年代走过来，勤劳节俭，轻易不会把钱交到别人手中。父亲埋怨母亲又傻又天真，母亲眼泪汪汪地坐在那儿。我只好打圆场，说一定是骗子用了迷药。母亲抬眼看我，想了想，便附和道："骗子肯定给我下药了。"

父亲报了警。

下午，我去上班，父亲赌气要去医院看病，母亲只好一个人去派出所做笔录。

让胆小怕事的母亲一个人，面对陌生人，回顾那场梦魇般的骗局，我很不安心。勉强坚持到下午四点，再也坐不住，请假回去看母亲。

下了大巴，急匆匆地往家赶。却看到前面一个熟悉的身影，身边同行的是一个陌生人。我好奇，便悄悄地跟在她们后面。

"您一看就是好福气，有儿有女……"

"我大儿子在山东，二儿子在四川……"

母亲说话很慢，带着一点东北口音。谈起自己的儿女，总是一脸自豪。

到了家门口，母亲与陌生人道别。我走上去，叫了一声"妈"。本想问她做笔录的情况，一出口却是"刚才那人是谁"。母亲说："半路碰上的，不认识。"我听了便有些生气，责怪她不吸取教训，早晨刚被骗，下午又跟不知底细的人说家里的事。

"听口音，是北方人，人挺好的。"母亲小声说。

"北方人就没骗子？以后不要跟陌生人说话，有话回家说。"或许我的语气过于严厉，母亲的脸一下红了。

我大学毕业后留在武汉，父母退休后便双双来到武汉。母亲是山东人，父亲是湖北人。在武汉生活，对于父亲来说，是叶落归根，对于母亲来说，则是嫁鸡随鸡。在北方生活了大半辈子的她，听不懂武汉话，也受不了武汉的气候以及老太太们的彪悍与火爆。她在小区里认识的极其有限的几个朋友，都是外地人，老实、木讷，与她一样，在一群本地老太太中间，属于弱势群体。

被骗这件事，让母亲几个星期都没睡好觉。我一再告诉她，骗子的同伙一定早就摸清了我家的情况，所以才会"神机妙算"，让她深信不疑。母亲很不喜欢我的说法，在她看来，每一个主动与她说话的，都是好人。

"那个小张,不笑不说话。那个做安利的,从没逼我买东西,倒是总教我保健知识。还有水果店的小王,是我们老乡……"母亲说得委屈。父亲却不耐烦地打断她,说:"你怎么就有那么多话要说?"

与母亲相比,父亲的性格开朗得多,并且爱好广泛,在小区里有棋友、麻将友、钓鱼友。我曾经建议母亲去跟小区的老太太一起跳健身操或扇子舞,母亲不愿意。母亲一生操持家务,除了看看农村题材的电视剧,几乎没有任何爱好。有一次,我问她最喜欢干什么,她想了半天,悠悠地说:"人这一辈子,不是你喜欢干什么就能干什么。年轻的时候,喜欢干的事情没机会干,老了,什么也不想干了。"

两个月后,公安局打来电话,说在附近端了一窝骗子,让母亲去认人。

被抓住的正是骗母亲的那伙人。可从公安局回来,母亲却一点儿也不高兴。她默默地去厨房准备晚饭,轻手轻脚地洗菜炒菜,仿佛犯了大错似的躲着我们。父亲悄悄告诉我,诈骗团伙里有一个人是经常与母亲一起在健身器材处锻炼身体的"老朋友"。

在我们看来,这是一件小事。惯常的诈骗伎俩,被骗金额不大,何况破了案,找回了一部分钱。母亲却因此而一下子变得苍老起来。父亲说,她是心里有火,一直没咽下这口气。我却觉得母亲似乎不是这么小心眼的人,难不成人年纪越大越经不起事?

转眼秋天到了,武汉最好的季节。母亲却极少出门,连早锻炼都放弃了。早晨,她忙完一家人的早餐,便坐在桌前,边看我吃早点,边与我说话。母亲喜欢说过去的事,而那些事情,身为女儿的我,已经听过太多次。偏偏早餐时间又短,我宁愿安静吃点东西,想想当天要处理的事情。所以,对于母亲的唠叨,有时我是不耐烦的。母亲一旦看出来,便会噤声。如此几番下来,她便也对我说得少了。

一天,我的一份文件落在家里。回家取时,家里静悄悄的,我以为没人,却忽然听到母亲在阳台上说话。声音不似平时,倒有几分像梦呓。我便蹑手蹑脚地走过去。只见母亲站在阳台上,手里拿着几张照片,照片上是她在家乡的几个老姐妹,有些已经故去,有些也跟着儿女去了外地。"我大儿子现在在山东,二儿子在四川,你们家小安子还在上海吗?上海话难懂吧,武汉话我都听不太懂……"母亲絮絮叨叨地说着。窗外,偶尔飞过一两只灰喜鹊,叽叽喳喳地凑热闹。下午三四点钟,正是小区里最安静的时刻。母亲的背影显得那么孤单,在安静的都市一角,在没有她的朋友的城市里。

我终于明白一生慎重的母亲为什么会上当受骗了。孤独的人总是格外贪恋那一点关怀与温暖,哪怕只是简单的一句搭讪,总好过一个人,孤零零地走在没有回忆的街道上。

我悄悄锁门离开,眼睛里不争气地流泪。

晚上,我对母亲说:"今天下班回来,有个人问我,你妈是不是回老家了,说很久没看到你,想跟你聊天。"母亲的眼睛里有光,急急地询问我那个人的长相,然后眯起眼睛,认真地听我描述。"是老赵吧,我们山东老乡,不过,也可能是老陈。"母亲说。

"妈,你看你,整天不出门,小区里的朋友都想你了。"我说。

母亲腼腆地笑笑,不好意思地说:"我也没有什么朋友。"

第二天早晨起床,没看到母亲。父亲说她去健身器材那儿了。

上班的时候,我特意绕到健身器材处,远远地看到母亲一个人在转腰器上百无聊赖地转动着身体,花白的头发在晨风中似江边秋日的芦花。旁边的跑步机上,一个中年妇女在跑步。过了一会儿,中年妇女上了另外一个转腰器,在我母亲的对面。

我母亲腼腆地准备走开，中年妇女忽然开口说话了。母亲折过身来，又站上了转腰器。两人有一搭没一搭地聊天。深秋的日光忽然变得温暖，我快步往小区门口走，再晚就赶不上班车了。在心里，我默默地说："妈妈，你想说什么就说什么吧，即使那是一个女骗子也没关系。"

世界上最可怕的，并不是骗子，而是孤独。当我与父亲将母亲从她生活了一辈子的小城连根拔起，移植到武汉这个大城市，她就成了一株没有养分的树苗。她隐忍，她认命，她努力地不留恋过去。然而，每个人都属于社会，都需要一个尽可能大的世界，在这个世界中，形形色色，各色人等，让她感到自己被需要，被重视，而不仅仅是一台洗衣、做饭、带孩子的机器。

据说，女儿会越来越像自己的母亲，因此对于母亲，我常常有一种说不出的怜惜，仿佛面对的正是老年后的自己。我目睹她的孤独却无能为力，深切地感到人与人之间过分的熟识反倒会阻碍交流，当你与他越来越亲近，你能给他的温暖其实就越来越有限，每个人都需要在陌生人处寻找相知，在一个谁都不了解自己的舞台上轻歌曼舞。

年饭的滋味

烟花一年比一年少，年味一年比一年淡。

一群朋友在一起，说起春节，记忆里埋得最深的便是吃。儿时春节的吃食，或许没有现在这样丰富，却绝对比现在更讲究，并且因有平日里的粗茶淡饭作比较，而滋生了一种宗教仪式似的隆重。

往往在春节前的一周，父母便忙碌起来。对于有些父母工作很忙或感情淡薄的人家，这一周，甚至是一年中，孩子们所能见到，父母在一起时间最长，话题最多，互动最融洽的时间。在商量菜品，分工合作的过程中，分歧总归会有，然而因了春节的气氛，大家便都收敛了平日里所习惯的那"进攻式"的语气,声音里有了枣馍的香,眼神中也多了芝麻花生糖的甜。

即使平日里最急躁,最怕麻烦的父母,在年夜饭上,也会端出几道做工烦琐的菜:至少提前三天开始制作的水晶肘花,每个步骤皆自己操刀的鱼圆,汤汁由几十种作料熬制而成的爆鱼……年夜饭的餐桌上,孩子们惊喜的眼神是父母终其一生所追求的人生舞台上,最亮的灯;他们咀嚼食物时欢快的吧嗒声,则像极了一场盛大演出后的掌声响起。一切的情与爱,幻化为舌头上那一缕香甜麻辣,每个人皆自觉地回避任何不快的话题,无论这一年是忙碌的还是充实的,压抑的还是满足的。快乐是唯一的主题,正如拿出看家本领做一桌美味是父母无须选择的选择。

年龄渐长,与父母兄妹一日日疏远,年夜饭的味道似乎也一日比一日淡了。对于离家的游子来说,年夜饭有时倒成了一种沉重的期待。在跨越千山万水去赶一场团圆的年夜饭与自己随便弄几个小菜或去饭馆吃一顿只有形式没有回忆的年夜饭之间选择,我们竟然常常会选择后者。

对于年夜饭的向往,有时会被"生活不易"的粗石磨损得只剩肉丸落入油锅里吱吱的噪声。

平日里,想要吃到的东西都能够轻易到口,对于年夜饭的向往，更多成了一种回忆的惦念。明知再也吃不出儿时的记忆，却忍不住还是想找寻在父母膝下撒娇的那一个晚上。只是，霜花已经染白了他们的头顶，接到儿女告知"过年不回家"的电话时，他们甚至羞涩懦弱得无法说出一句，"回来吧，我做了你小时候最爱吃的菜"。落寞地放下电话后，他们默默地拿起那张写了年夜饭菜谱的格子信笺，用墨色的笔删减菜名。那一条又一条的笔迹，像冷酷的风，吹过往年的岁月，直杀到了眼前。

永远不要被父母"无所谓"的说辞迷惑，那是他们对于这个世界已经不再属于他们，不再属于过去那些热闹的团圆夜的妥协。对于年夜饭的期盼，始终是父母一年中所做的最大的一件事。

一对在美国留学的情侣，每年除夕夜都会去中国超市买一些传统食材，包一顿饺子。与包饺子这项耗时漫长的活动同时进行的，是两人对于在家乡年夜饭的回忆。在美国第5年，回忆被嚼了第5遍，依然津津有味。不同的是，这一年，电脑的屏幕上播放着纪录片《舌尖上的中国》。看到排骨藕汤的那一集，女孩哭了。来自湖北的她，吃了二十多年的排骨藕汤，第一次知道，挖藕是那样艰苦的一件事。

时光一年一年，像风车上彩色的叶轮，流转的是相同的年华，却是不一样的生活。我们所不知道的事，不仅仅是白嫩嫩藕片的前生今世，更是排骨藕汤端上桌之前，煨汤人的喜怒哀乐。岁月在他们身上留下越来越多的痕迹，花白的发，不灵便的腿，坚强而又敏感的心，回忆越来越远，便越嚼越苦。对于后辈，他们是不忍心提哪怕一丁点要求的，包括回家吃顿年夜饭，不仅仅因为他们明白年轻人生活不易，更因为害怕被拒绝后雪落南山的落寞。

　　"如今的年夜饭不如过往了。"几乎每个人都这样感叹。当我们的味蕾被太多味道浓厚的食物刺激得越来越懒惰，年夜饭的滋味，不过尔尔。

　　然而，年夜饭的意义不是美食而是记忆。一位选择春节独立上路的人，除夕夜里，忽然想念母亲做的一碗素什锦。走过世界许多国家的他，从来不缺一碗素什锦，并且只要愿意，此时此刻，他便可以吃到。那是出自酒店大厨之手的素什锦，一道为了讨好来自天南地北的每一个味蕾，而极尽修饰，渐趋完美的菜肴。

　　放置于除夕夜，那却是一盘挑不出毛病，唯独少了记忆与回味的素什锦。这个时候，他才明白，除夕那顿饭，吃的不是味道，而是感情。留在味蕾深处的，不是某位大厨的技艺，而是亲人淋漓尽致的挂念。

每一个游子心里都有一盘什锦。那不是某一年的某一顿饭，而是亲情浓缩于岁月记忆中的盛宴，一点点一滴滴，由味蕾所感受，却由大脑来记忆。在某个你以为已经忘记的时刻，它们却忽然一股脑儿地涌上舌尖，令人措手不及，令人泪如泉涌。

纵然世界冰冷，我们终究还拥有一些可以一同吃年夜饭的人，拥有几个愿意给我们做年夜饭的人。即使再不容易的人生中，也有一些唾手可得的幸福。只是，我们常常因为轻易得到而态度轻慢；因为错觉再也回不到从前，而忽略亲人始终如一的等待。

舌尖上的爱，值得你跨越万水千山而来，值得你停下脚步而来，值得你留一段安静的时光，留一个空置的胃，留一张温暖的笑脸，留一句爱的表达——撒娇亦可，赞美也行。

我们的一生，究竟能与亲人吃多少次年夜饭？那样残忍而冷酷的一个小小、小小的数字，伫立在浩渺宇宙尽头，看一眼就会让人想落泪。

与母亲隔着的那层稀薄空气

因为待在家里写作,不需要出门工作,我大学毕业很久了,还是每天与父母待在一起。父亲在家里待不住,他的活动半径从小区的棋牌室到郊区的垂钓中心,连去菜场的活儿都抢着干了。母亲则相反,因为对于我所处的这座城市的陌生感,她除了跟父亲一起早锻炼,其他时间很少出门。

我吃完早饭,便关起门来写作,母亲轻手轻脚地在外面走动,不外乎忙一点家务事。有时候,写卡壳了,出来放风,母亲见到我,很高兴,念叨着阳台上的月季又长了几片新叶,送报纸的换了一个小伙子,阳台上的旧纸箱卖了十块钱。

我出生于母亲的第3个本命年,她比我年长36岁,没有读过很多书，对于电视剧的品位始终停留在农村题材上。初中毕业后，我已觉得与母亲没有太多共同语言，青春期叛逆到抓心挠肝的时候，甚至对她说过，"妈，我瞧不起你"。后来我读大学，离家千里，与母亲拉开了空间距离，我们之间才忽然变得亲密。我每周写一封信给家里，母亲识字不多，我字又写得潦草，一封信，她每天看一点，差不多一个星期看完，正好接上下一封信。距离使我们之间产生了思念，而这思念，又帮助我们克服了之前对彼此的种种不满，寒暑假回家，我也能挽着母亲的手臂，去逛菜场或耐性极好地陪她站在路的中央，与亲戚聊天。

　　工作后，父母到了我生活的城市，大家又住到了一起。时间一天一天过去，有时候，我觉得我与母亲在家，与我一个人在家或者她一个人在家，没有太大的分别，我们同处一室，却像一部默片。她不知道我写了什么，我也不关心她想什么，我们之间的距离，甚至比大学时的千里之外更加遥远。

　　偶尔，母亲会跟父亲抱怨，说待在家里闷，我不理她，粗枝大叶一辈子的父亲总是不耐烦地回她一句："你没看见她忙？"我听到了，有一点点汗颜。我关上门，却并不总在工作，许多时候，我是抛下了孤独的母亲，与各色不相干的人，在网上聊得亲如一家。

我与母亲的距离，用一件事来说明最为贴切。我买回来的大多数衣服，她都觉得难看，虽然我尽量避免去询问她的意见，她却忍不住会发表自己的意见。"这衣服像什么样子，文胸在衣服外面吗？"听的人难免沮丧。更可怕的是，偶尔会有那么一两件衣服入她的法眼，结果毫无例外，朋友们都说不好看。

在潜意识里，我有些害怕与母亲聊天，觉得她所说的皆老生常谈，一旦话不投机，她又会生闷气，闹得很不愉快。好在，大多数时候，我可以假借工作，躲开与母亲的相处，唯一无法躲避的是午饭的时候。

坐在饭桌前，我只想快点把饭吃完，母亲却神采奕奕。一件事情，她可以今天讲了，明天再讲，后天再讲，并且母亲很少提及现实，现实于她似乎已经不复存在。如果她不跟我讲那些天马行空的电视剧情节，便会跟我讲述她年轻时的故事，比如排队买韭菜的时候，忽然阵痛，生下了我哥哥。我吃完站起来的时候，母亲似乎从梦中惊醒，忽然停止了前面的话题，问："你吃完了？"我说吃完了，坐在沙发上开始看报纸，母亲便一个人默默吃饭，默默地收拾碗筷。

一天早晨，我去锻炼身体，旁边的一位老婆婆在跟另外一位老婆婆聊天，抱怨自己的女儿，每天在家板着脸，吃完饭门一关，连句话都懒得说。"儿女大了，住在一起慢慢就变成仇人了。"老婆婆的神色黯然，即使四月的春光都无法把它点亮。我想象我的母亲，如果有机会，一定也会向他人抱怨，可惜，她连说出来的机会都不多，在这个陌生的城市里，她没有朋友。

或许只有重新拉开空间的距离，才能弥补心灵的距离，然而对于垂垂老矣的父母来说，那同样是残忍的。守着一幢空白的房子，心里盛满思念，与守着一间有生气的房子，心里装满寂寞，哪一种状态更好？这个已经将他们抛在身后的世界，于他们而言，不存在所谓的更好，只有不那么差而已。

我下过很多次决心，陪伴母亲，好好地散步、聊天，陪她看狗血的电视剧，却没过几天，就厌倦了。母亲似乎也厌烦我的虚伪，一起看电视，只要有一次没有及时呼应她的情绪，她便怒气冲冲地说："你爱干吗干吗去吧。"

曾经，我们说着"只要功夫深，铁杵磨成针"的豪言壮语，以为这个世界上的一切，只要努力，便可以呈现出我们所希望的方式。经过时光日复一日的锻打，却不得不承认，有些距离，可以缩短，而那些不能够从空间上缩短的距离，终是最难弥补。

亲人之间，因为过分的熟悉反而变得陌生，因为没有深入了解的欲望，而彼此轻慢，虽是人之常情，却也令人心痛。

倘若没有了亲情的联系，相差36岁的两个女人，原本应是距离感十足，然而因为有了亲情，这距离，总像手指上的一根倒刺，虽不致命，却一碰就疼。而这样的疼痛，与春华秋实，生老病死相类，每个人走着走着便碰上了，只是现在的乙方可能是过去的甲方，而现在的甲方终有一天会变成乙方。等到那么一天，两人相隔天涯，那曾经的、相守在一起却如远隔千山万水的隐隐的疼痛，倒成了最放不下的记忆。

如今，母亲已经离世7年，我每天呼吸着的，都是曾经隔在我与她之间的那层稀薄的空气。

照片里的我们总是忘了忧伤

假期的时候回老家，翻旧相册，看到大学时的照片。照片留下的总是美好记忆，偶尔翻看，惊觉那时光阴似流水。

我大学的照片不多，那时还没有流行数码相机，相机、胶卷、冲洗相片等费用加起来是笔不小的花销。

大学相册里面的我，很少正儿八经地穿属于那个年龄女孩应该穿的漂亮衣服，而是喜欢捡师兄不要的夹克衫穿，将外贸店淘来的最大码男式格子衬衣当裙子穿，脚上还经常套着一双绿色的长筒雨靴，偶尔有穿得比较正常的照片，皆是因为父母驾到。

那时候，父亲在一个出差机会较多的部门工作，母亲已经办理了内退。但凡有到武汉出差的机会，父亲都会努力争取，然后带着母亲一路南下。到了武汉，父亲去忙他的事业，带母亲游玩成了我那几天的头等大事。

有一张照片，是我与母亲在黄鹤楼拍的，时间是大学一年级的秋天，那也是我第一次去黄鹤楼。我们站在黄鹤楼正门的台阶上，母亲比我矮，我偏偏又在比她高一阶的台阶上，整个身体扑在她的肩上，看上去像她在背着我下山。母亲照相很少笑容，她总说自己不会照相，但在那张照片上，我们像刚刚互相挠完痒一样，脸上挂满笑。那时候黄鹤楼的门票5毛钱一张，如今已经80块钱一张了。

有时候，找不到合适的差使，父亲也会接下长沙甚至广州的公差，将武汉作为中转，放下母亲，自己继续南下。这样的情况，母亲便会与我一起住宿舍，同睡那张一米宽的硬板床。

另外的一张照片，是我与母亲坐在床上拍的。从我们肩膀的空隙看过去，我的床铺整洁异常，这种奇怪的现象，全赖于母亲勤劳的双手，当时，我们宿舍6个人，只有一个江西女孩可以坚持做到每天起床叠被子。我的蚊帐上挂着各种树叶标本，有梧桐、银杏、红枫，都是我在书里夹干后，用大头针别上去的。它们在当天晚上，经受了我大腿疾风暴雨的扫荡后，大部分都阵亡了，这张照片便成了树叶们的遗照。后来，当宿舍的小床即将迎接两个人的洗礼时,我总会在睡觉前,乖乖地取下蚊帐上所有的装饰品。

整本相册,竟然没有一张照片,是我与父母一起的。父亲本来不太喜欢照相,我们3个人在一起的时候,他更是无比享受做摄影师的感觉,总让我与母亲在一团又一团的花朵面前搔首弄姿,我要求父亲找一位路人帮我们照一张合影,他总不肯。一次,他悄悄对我说:"如果让别人帮忙照合影,你妈会担心人家拿着咱家相机跑掉。"我不信。后来事实证明,父亲是对的。由于母亲的谨小慎微,我的大学相册缺失了最重要的一张照片。

大学前3年,母亲共来看过我6次。我上大四后,母亲在家门口的马路边开了一间报刊亭,开心地做起小老板,探望我的重任便落在了父亲一个人身上。我最喜欢的与父亲的一张合影,是在东湖楚天台拍的。我即将毕业,头发剪短,电了卷,身上穿着上一个寒假回家,母亲为我选购的一件"贵重"的羊毛衫,深咖啡色,缀着浅黄的蕾丝花朵。那一天,空气特别好,光线在相纸上的右上方被定格成一条清透的河流。我的头只到父亲的肩膀,我们都背着手,意气风发,神情里充满了自豪,像两位视察工作的大领导。

武汉大学是父亲少时的梦想,当我帮他实现了这个梦想后,我总觉得他来看我,与母亲来看我,有着截然不同的动机。母亲是单纯出于对我的思念与担忧,热衷于陪我买东西,看风景名胜,去一切我想去的地方;而父亲只喜欢在校园以及周边转悠,东湖更是他的最爱,每次去,都感叹东湖之美。顺带说一句,武大拥有世界最美的校园,那股子自豪劲儿,好像他的女儿不是武大成千上万的小星星中不起眼的一颗,而是校长。

楚天台前那张与父亲的合影,是我当时的男朋友帮忙拍的,到了本科最后一年,我似乎觉得可以名正言顺地谈恋爱了。那个男孩长得无比周正,母亲看了照片,甚是欢喜,父亲却始终不怎么喜欢他,后来我们分手,他还说了一句"分得好",生生地往我的伤口上撒了一把盐。

我的家乡离武汉一千多公里,大学四年,宿舍6个女孩中,我父母来探望我的次数最多。

毕业那年夏天,我回家乡,母亲说起来探望我的千里长途,"有一次,我们没买到火车票,坐汽车,我胆汁都快吐出来了。"母亲汽油过敏,晕车严重,然而这些事情,他们当时都没有对我讲,不知是怕我担忧,还是看到女儿的喜悦缓解了路途的艰辛。

总之,我们留在相册上的那4年,每一天都是清朗的。

庆祝我们相遇 36 周年

我们相遇在你的第 3 个本命年,从此你的本命年也是我的本命年。

我的记忆里,从没有关于一位年轻母亲的印象。从我一开始有记忆,母亲便是慈祥的中年人。因为膝伤,一年四季都穿长裤;母亲也不烫发,头发剪得短短的,显出精明能干的样子;白色与灰色上衣是你的最爱,偶尔有一件豆绿色的。

我是你最小的女儿,原本还有一个弟弟,怀孕三个多月"被计划"掉了。我三岁多上幼儿园,很快就能背诵一些唐诗儿歌,你对此非常开心与自豪,逢人便把我拉出来"表演",可惜好景不长,因为对某位老师的讨厌我开始对幼儿园深恶痛绝,每天早晨都要上演一出宁死不屈的戏码，屁股被打得通红，眼睛哭得像烂桃子。那时候没有育儿书，没有专家，每一位母亲都依靠自己的直觉教育子女，终于，你对父亲说，"就让她待在家里吧"。

你为这句话付出的代价是，每天中午来回步行40分钟，从单位回家帮我做饭，陪伴我。在北方小城的烈日与严寒中，你步履如飞，遇到熟人，感叹你这样辛苦，你笑言，怪我太笨，不会骑自行车。你成功地将话题岔开，不给他们机会去怀疑一个不上幼儿园的孩子是异常的。

你的钥匙在锁孔里转动的声音，很多年后，依然是我最美好梦境的伴奏音。

有时候，你带回两只烧饼，有时候煮熟一点面条，桌上的钟表滴答作响，很快就离下午上班的时间近了。你拿出三五粒干红枣，放在一只小铁碗里，拎起暖瓶，倒入开水，干透的红枣迅速吸食水分，欢快地嗞嗞作响。你指指钟表，说："滴答滴答是小钟唱歌，别害怕。"我用力地点头。你又叮嘱我睡午觉，午睡之后吃泡软的红枣，我也一并点头。然后，你锁了房门。我细听你的脚步声渐渐消失，忽然撕心裂肺地大叫妈妈，边叫边哭，一直哭到自己睡着为止。

我从没有告诉过你，你走后，我的孤独与思念，我害怕如果自己不够坚强就会被重新送入幼儿园。很快，我那超出自己年龄的坚强，成为你佩戴在胸口的钻石胸针，成为你与邻居小伙伴母亲之间的谈资。

童年之后，你我之间的一切如同按下了快进键。你忙着上班，照顾家人，我忙着上学，交同龄朋友。你的头发白了，肚皮圆了。初二的时候，每天晚上，我压住你的腿，协助你做仰卧起坐，大约坚持了半年，你没有收获平滑的小腹，反倒开始腰疼。某一个晚上，我照例压住你的腿，你躺着不动，忽然说，"算了，人老了做什么都没用"。我第一次见到如此哀伤的你，静止的河流似的躺在河床上。同样的岁月同样的风，欢欣地吹过我的耳边，却在你的心上留下忧伤的影子。

我 18 岁之后，时间于我们而言，已不是快进，而像一部电视剧的跳跃播放，有些剧集不知不觉被忽略了。起初的相聚是寒暑假，之后是四年一次的探亲假，空间的距离使苍老变得格外触目惊心。终于，我在接站的人群中看到了戴驼色线帽的你，身形比记忆中小了许多，即使没有风的时候，你走起路来也像被大风吹着一样。与年轻时喜穿素色不同，你开始与世界上所有的老太太一样，喜欢有硕大花朵图案的衣服。玫瑰花图案的毛衣外套，山茶花图案的羊毛衫，在你日渐寂寞的生命里试图用微不足道的喧嚣向岁月示威。

你劝我买几条红色内裤。"本命年，不好过。"你说。那你呢。我问。你笑眯眯地掀开衣服，让我看一条红布做成的腰带。

北方的小城刚刚迎来一场久违的雨水，我们面对面坐在床沿上，看窗外的柳树。刚搬来的时候，它们与我一般高，后来，我长高，它们也长高，再后来，我不再长高，它们依然向着最高的那幢楼房努力。

盛开着小钟滴答声与红枣香气的老屋如今已经躺在一条宽广的马路下面，现在这幢红砖楼房也已陪伴我们20年。时光无情，我与你相遇的这36年，短暂得像一首小诗。

雨停后，我在熟悉而陌生的小城里寻找一束鲜花。当我把它交在你手里，你责怪我乱花钱。"庆祝我们的本命年。"我说。你点点头，找一只漂亮的玻璃酒瓶，把花插好，放在我睡觉的房间里。这么多年过去了，你依然固执地将所有你能够给予的美好全部放置于我的床头，使我无力反抗，使我心生恐惧。

世间所有相遇的后面，都跟随着离别。我们已相遇36年，从此以后，每一年，都值得好好祝贺。

一

结婚 10 年

20岁的时候,他在足球场上踢足球,看到一个红衣女孩抱着书走过操场,他的脚出卖了眼睛,球不偏不倚地打中女孩的后背。女孩尖叫一声,他跑过去道歉,顺便打听她学哪个专业,住在哪幢楼上。

他去找她,用牛皮纸袋装了两串从学校南门的枇杷树上摘下来的黄熟的枇杷。她接了枇杷,拿出一只小盆去水房洗,洗了足有一个世纪,许多枇杷被她搓破了皮。

"你有洁癖吧?"他笑着问。"嗯,真的有点。"她认真地回答。

他们第一次接吻后,她哭了半个小时,她说只有坏人才做这件事。他拍她的肩膀，觉得无法向她解释自己不是坏人，因为他心里所想的那些，明明就是坏人才想的事情，他并没有想与她结婚，却想与她做尽男欢女爱的事情。所以，当她问他，你会对我的一生负责吗，他没敢说话，她想得那么远，远到他从来没有想过。

隔壁宿舍的一位大哥告诉他，女孩都是远视眼，你给她一个温柔的眼神，她就想一辈子都有这种眼神，你亲吻了她，她就想一辈子跟你在一起。

他点燃一支烟，饶有兴致地想，女孩可真有意思。

他们在大学里好了两年，毕业留在同一座城市。她分配在一家军事院校，做穿军装的女教官，他在研究所里搞工程技术。

她第一次住在他的房间。"喂，不要用剪手指甲的指甲剪剪脚趾甲。"当时他剪完了手指甲，开始剪左脚的第一个大脚趾指甲，听到她的怒吼，忽然有一种奇妙的恐惧感：自由自在的生活已经结束。她的手正伸向他，手里握着一把个头强壮的指甲剪，他慢慢腾腾地接过来，一剪子下去太深，疼得咧了一下嘴。

他有时不免嫌她麻烦。她不仅过分爱清洁，而且过分地喜欢做梦。

毕业一年后，她要考托福，说到第 10 次，他默默拿出半个月工资，为她报了一个培训班。上培训班的第一天，她不明原因地发烧，第 3 天成了高烧。休息了一个星期，人还是没精神，让他去退托福培训班的钱，他磨半天嘴皮子，人家只肯退70% 的报名费。无缘无故损失了一笔钱，他很不开心，一路上想着怎样责怪她一顿，进门看到她，忽然改了主意，说老师人挺好的，把钱全退了。

毕业第 3 年，她要考研究生，他说，你就考本市的吧，她说，我要去北京。

她报了一个考研班，第一天上课便晕倒在课堂上。他赶到医院，听说她是被 4 个男生抬出教室的。她说休息一个星期再去上课，一个星期后还是浑身难受，休息了一个月，还是难受，只好又退了补习班的钱，继续休息下去。

身体弱，脾气涨。她责怪他这样，责怪他那样，到后来，他也懒得去弄懂她究竟责怪自己什么了。女人要责怪一个男人，男人是没办法去想原因的，越想越糊涂。

她最后确诊为甲亢。女医生把他拉到一边说，甲亢病人脾气大，你要多担当。他怨气全消，还怜悯起她来。

他问她，不出国了吗，她摇头，不考研了吗，她也摇头，"那我们结婚吧"，她想了半天，点点头。

"你爱我吗。"她问他。他说当然，要不干吗跟你结婚。他们已经恋爱了 5 年，他其实一直不怎么想爱与不爱这个问题，除非她一定要他想。即使他想，也想不明白，只是觉得一件事情做了 5 年，总要有个结局。

婚后第 4 年，孩子出生。她半夜起床冲奶粉，奶嘴掉在地上，她捡起来，用手擦了擦，他被吵醒，起来撒尿，恰巧看见。站在马桶边，他忽然觉得整个卫生间里弥漫的悲伤，像白炽灯照亮的一块冰，他被包裹在冰块中，动弹不得。

他去翻她的抽屉，那只大大的、专用剪脚趾甲的指甲剪已不见踪影。他买了一只，交给她，她说"哪还顾得上这些"。

孩子 5 个月大，他被牵连进一桩经济案件。离家 10 个月，每个星期，她来看他一次，每次都哭。"我觉得自己好坎坷。"她说。他说不出话，对于人生，谁都没有经验。相爱的时候，总想着结婚，结婚后，路走得不顺，又想到，如果真爱一个人，实在不应该把他带进这摊生活的污水。

他的父母来帮她带孩子，她下班回家，他妈妈对她抱怨，你儿子今天又把尿尿到我的裤子上了。

"我的人生好坎坷。"他做了一个梦,在梦里听到她说。

10个月后,他带着缓刑判决书回家,孩子已经会走路了。她说当初真不应该嫁给你。他说,我也不应该娶你。她暴怒,跳起来打他,一拳一拳地打在他的胸口上,他向后退,贴到了墙,惊讶她的力气很大。等她打累了,他才说,我的意思是,如果不娶你,你就不会受这么多苦。她愣住,手捂着脸,抽动肩膀,不知在哭还是笑。他试着把手放在她的肩膀上,那肩膀厚实而坚硬,与年少时触到的那副柔弱无骨的肩膀判若两人。

他在家里待了半年。一天晚上,她说部队让我转业,但你现在没工作,我觉得我不能转。他赶紧说,你别管我,该转就转。她不满意地翻了个身,说我怎么能不管你。

过了很久,他以为她已经睡着了,想起身抽支烟,却忽然听到她说话:"你到底爱不爱我?如果你爱我,怎么付出我都愿意,如果你不爱我,我就不划算。"他还是下床拿了烟与烟灰缸,将烟灰缸放在腿上,点燃了一支烟。女人的想法总让他措手不及,爱或者不爱这个问题,他已经很久没有思考过。两个人在一起这么久,就像两棵不同品种的树,不小心落在了一个树坑,一起生长,一起迎接阳光或者风暴,生活似乎天生应该如此,而不是某一个人主观的选择。

至于爱，究竟负责改变还是推动，他并没有想得明白，甚至只有当她问到爱的时候，他才意识到世间还有这样一个字眼。这或许就是男人与女人的区别，男人更加遵从生活，而女人总想在生活之外拥有一点梦想。于是，他叹了一口气，满足她："我怎么会不爱你？""可我根本感觉不到。你看你，从来不夸我好，也不说我爱你，你整天回到家，就像去办公室一样，根本看不出你回家有多高兴。"他在心里哀叹了一声"这下麻烦了"，开始深思熟虑地考虑如何回答她的问题，最后，他下决心似的按灭了烟头，什么也没说，紧紧地抱住了她。她的身体起初是谈判式的坚硬，不一会儿就柔软下来，他舒了一口气，知道那场艰难的对话已经结束。

他们还一起出了一次车祸。他开车，车上有5个人，只有她一个人受伤了，当时她在睡觉。她的脸上留了一道很长的伤疤，鼻梁被撞得凹进了骨头里，她脑袋包着纱布的样子，着实吓了他一跳。他努力装作平常，照顾她吃饭、起夜，安慰她一切都会好，她能回到原来的样子。

"等拆了纱布，看到我毁容的样子，你一定不会爱我了。"她说。他劝她别想得太多。对于爱这个问题，他其实已经不想回答，他从未想过离开她，无论什么原因，然而他也不愿意把这个问题复杂到跟爱连在一起。生活使他扎根到她的树坑,他便懒得质疑,也从未想过伤筋动骨地换一个树坑。既然生活这位脾气大的小姐不是将你安排在这个坑也会安排进那个坑,还有什么可挑剔的?最初的选择不过是一场盛大的焰火晚会,点燃人们华丽的欲望与梦想,让他们不至于在日后惨淡的现实中,连回忆都没有。

她的脸上果真留下了伤疤,鼻梁做了两次整形手术才重新直立起来,却拉扯得鼻头有一点点变形,然而这一点变形,只有十分熟悉她的人才能看出来。

他们已经结婚10年了。纪念日那天,他买了一只粗大的金手镯送给她,她说是不是太粗了一点,他说就要粗一点,显得有幸福感。

过了两天,她拿出那只手镯,让他退掉。"太粗了,戴不出去。再说儿子要上小学了,以后用钱的地方还多。"他嘴上说,你这个人真想不开,却还是开车出了门。回家路上等红灯的时候,看到手机短信提示,银行卡收到退款,他揣起手机,加了一脚油门。一路上,他脑袋里都在想,要对她说一句"我爱你"。

进家,听到有炒菜的声音,他直奔厨房,刚打开门,便听到她怒吼,炸鱼呢,快出去,等会儿弄得全家都是鱼腥味。他连忙退了出去，坐在沙发上打开电视，想看一会儿球赛，孩子跑来吵着要看动画片，他只好又把电视让给儿子，一个人去阳台上抽烟、看风景，直到她喊"吃饭了"。

他忽然有些佩服自己的太太，即使再忙，也能分了精力关注爱或者不爱这个宏大的问题，而男人在这方面却要笨得多，他们说一句"我爱你"，要舞台、幕布、灯光、报幕员等等，全世界都配合自己，只要某一个环节出现了松弛，对不起，演出取消了。

晚饭的时候，他夹了一块没有刺的鱼肉到太太碗里，彼时，太太正扭头责怪孩子不吃青菜，回过头来，她一筷子将鱼肉送进口里，丝毫没有怀疑这块鱼肉的来路。

他没有责怪她，只是想，这样的故事，一定也曾经发生在他的身上，心急焦躁，没有看到她的关怀，也许会发生在许许多多的人身上。只是，不管你有没有发现，爱其实已经来过。

以微米为单位接近

2007年到2013年的7年间,我与铁轨彼此熟悉。

我喜欢中铺,下铺车轮摩擦铁轨的声音扰人清梦,上铺空间狭小,起身容易撞头。7年间,去时的行囊是未见时的思念,归来的行囊是离别时的惆怅,来来往往,风尘仆仆,我像一个爱情的侠女,从夕发朝至的特快列车,一直坐到了武汉到深圳的高铁开通。

印象中只有两次,我的旅途有伴儿。

一次是与在深圳工作的女友同行。她家在武汉,10年前为了爱情奔赴深圳,他们的异地恋并未完结于异地相思苦,却撕裂于朝夕相处一年之后的平淡与琐碎。爱情虽然没有了,她却继续留在北回归线以南。她携带的大箱里,满满当当的是父母塞进去的湖北特产,从精武鸭脖到黄石港饼。我的行李很少,除了随身的小拎包,就是一只小纸箱,纸箱里面有10只鲜活的大闸蟹,螃蟹本身并不重,但为了保证它们的鲜活,箱子里还塞了两大瓶冰冻的矿泉水。

"那时候,我也从武汉带螃蟹去深圳给他吃,不知道放冰水,死了一半。"她看着我笑,过了一会儿,又说,"原来恋爱中的女人都是一样。"

他们异地恋一年多,每个月见两次,一次是她去深圳,一次是他来武汉。他在一家大企业做管理,原本可以飞来飞去,却宁愿选择火车,理由是忍受不了必须关机的那两个小时,无法给她短信。火车上的夜晚,两人几乎彻夜不眠,短信沿着铁路线音符般飞舞。火车上的那个人,望着窗外偶尔闪过的灯火,想到这个世界上,有一盏灯,此时正在为自己点亮,便深深觉得此生"死而无憾"。

分手后,她删除了他们之间大部分短信,仅仅留下一条,这一条短信,甚至在她更换手机的时候,都会被转发到新手机上。

"此刻,灯熄灭了,周围的人睡着了,陪伴我的是车轮摩擦铁轨的声音。思念将时间拉长到无限,我像一只匍匐在地上的蜗牛,正以微米为单位,一点又一点,缓慢而又急切地向你奔来。"

"曾经以为异地恋很辛苦,没想到真正在一起的时候,才是真的辛苦。"她嗑开一个瓜子,对我嫣然一笑。即使在后来,彼此伤害最深的时候,只要看看这条短信,想想那些火车上的夜晚,总会有一个声音在她耳边说,放下怨恨吧,你们曾经如此相爱。

尽管相爱的人不一定可以相伴,然而无论如何,爱让一个人变得强大,这种强大,不仅仅体现于在一起的时候,执著的坚持,更表现在分手的时候,彼此的宽容。一想起那些激动人心的青春岁月,那些比整个城市更重更大的思念,那些心里数着一微米、两微米、三微米向对方靠近的夜晚,分手就成了爱的另外一种形式——不想把爱伤尽,所以彼此远离。

另外一个旅伴,是在火车上遇到的。

高铁开通前,每天从汉口开往深圳的火车有两个班次,一列六点五十分发车,另外一列是九点十分发车。那一天,我错过了六点五十分的火车,只能改签九点十分的,卧铺变成了硬座。他在电话里与我商量,要不咱把票退了,等买到卧铺再来,硬座太辛苦。

"不，我就要明早见到你。"我斩钉截铁地说。

我的车票是硬座113号，她坐我旁边，114号。衣帽钩上，挂着一件厚厚的棉衣。

"你都穿棉衣了？"我惊讶地问。

"我从乌鲁木齐过来的，昨晚睡在候车室，晚上还是蛮冷。"

她看上去不过二十五六岁，我以为她是新疆人，去深圳打工，她却告诉我，她大学毕业就在深圳工作，男朋友在乌鲁木齐。

乌鲁木齐到汉口，汉口到深圳，这一个单程跑下来，即使不算转车的间隙，也差不多需要3天。

"我的隐形眼镜已经4天没洗了。"她边仰头往眼睛里点润滑水，边对我说。她的脸上，刚冒出的青春痘正在蓬勃生长，奔波劳累在她的脸上涂了一层蜡黄，然而她瘦小的身躯却有一种热烈的青春爆发力，在她讲述她那千里之外的男朋友的时候。

那一年，广州到深圳的动车刚刚通车，她看着车窗外白色的列车，兴奋地说，你看，子弹头，从广州到深圳只要半个多小时了，以前一个多小时呢。我不解，她男朋友又不是在广州。快下车的时候，她又一次提起那外星人般的动车，"听说这条线会延长，总有一天，可以到新疆。到那时候，我们见一次面，应该就会容易很多。"

她黄黄的小脸在深圳艳阳的照耀下，略微红润。我们在出站口道别，我投入男朋友的怀抱，回头看她落寞的身影，消失在人潮之中。

那么遥远的距离，竟然都没有动摇他们在一起的决心。

尽管我不知道她的姓名，无形中，她却成了我心中一个陌生而熟悉的朋友。此后，每一次登上火车，我都会想到她。新疆到深圳的遥远距离，她甚至舍不得买一张卧铺车票，就在硬座上，戴着隐形眼镜，注视车窗外的风景，规划甜蜜的未来。她甚至告诉我，他们准备明年结婚，至于结婚后会不会有一个人投奔对方的城市，还没有确定。

"只要在一起，总会有办法的。"她的乐观里闪耀着动人的纯真，而纯真似乎是这个世界最强大的东西，无视距离，藐视困难。

曾经奔波在路上的情侣们，有些在一起，有些分开了。在一起或者分开的，总会想起那些路上的光阴，奔赴的时候，行囊是晒着阳光的思念，离开的时候，行囊是飘着雨雪的忧伤，春夏秋冬以不变步伐流转。而我们人生的四季却仿佛一盘快进的磁带，从春到冬，从冬至夏天，只因一个人而改变。

我也时常想起那路上的 7 年，7 年，很难、很慢却不知不觉过去了。仿佛也并不是刻意坚强，只是从未想过因为距离而分离。

火车上的清晨，他短信问我到哪儿了，我说韶关。"如果在古代，我骑马去看你，现在还没走到广州，若家里穷，买不起马，走路去看你，现在还没到东莞。"他这样回复我。

类似的话，还有如果在古代，一个月能寄一封信就心满意足了，而我们随时随地可以听到对方的声音。

每一次，我们都为自己的幸运而深深感动兼欢欣鼓舞。仿佛即使走路去探亲，即使每个月只能收到一封信，我们都会持续这样一场爱情，何况现在，情况远远好于古代，又有什么理由悲伤失望看不到未来？

如今，我们终于结束了互相奔赴，见面时如在云端，分开时似在地狱的日子，然而旅途中的伴儿，旅途终点的那座城市，永远留在一个名为"温暖"的文件夹中。

女友的手机里，永远存着那条夏花般温柔、坚定而又热烈的短信；去新疆探望男朋友的女孩的记忆里，永远存着一个期望。如今，她的期望将要成真，从乌鲁木齐到深圳的高铁线路，欠缺的仅仅是西安到兰州的一小段，而这个小小的填空题，在中国强大的高铁建设网络中，能够很快被填上正确的答案。

虽然轰轰烈烈的异地恋，最终的结果不尽相同，却又似乎是一样的。距离是最好的发酵剂，酿出爱情这杯美酒，无论喝一口还是喝十口，都会成为我们生命里一段清晰可辨的记忆，或微醺或大醉，年轻的人们，面容上都有隔夜的花香。

异地恋的美好还在于它的稀缺。这杯酒，味浓性烈，几乎所有的人，喝过一轮后，不会选择再喝一轮。于是，与另外一个城市有关的一切，成为个人编年史的绝唱。将铁轨用思念的小刀刻出微米刻度，那些岁月，便像一把精细的长尺，用以描述爱情的蓝图，即使蓝图不知发终，那把尺，却伴随我们一生，或者在记忆里，或者在梦境中，或者存于手机的字里行间，或者密封在深夜回首的某一则故事里。

白露天的柿子

4月5日那天,我做了一个梦。梦见与你走在水果湖的街上。微风中,香樟树的旧叶扑簌簌地落下来。街角,一个挑担的人,筐里全是硕大金黄熟软的柿子,你蹲下来,拿起一只递给我。

春天里是不会有柿子的。

有柿子的那年秋天,我还在大学里读书,我们一人捧着一只软柿子,边走边吃。那是记忆中,我们融洽得如同闺蜜的一段日子。父亲与你都还不算老,时常从北方小城坐几十个小时的火车,来到南方。看看读书的女儿,看看大好河山。我们一起挤在武汉大学桂园2舍305室的高低床下铺。在一米宽的小床上,你说两人颠倒着睡不挤。于是,我抱着你的脚,你害羞似的蹬一下，缩了回去。

你有3个女儿，我不是你最喜欢的那个女儿。尽管她学习不错，工作不错，但她的坏脾气、她那文艺女青年特有的叛逆青春曾经深深地伤害你。

你是定然不会怪我的，倘若在天堂的某个角落里，你能够想起前生。

"妈妈，我瞧不起你。"这是我在初三时对你说过的话。你看着我，眼睛里充满疲惫与悲伤。那样的眼神，我至今记得，只是当时，我强忍着震惊与胆怯，抬着高昂的头走回自己的房间，不愿在你目光的追随中，显出一丝的软弱。如果我说我其实很后悔，你相信吗？在你的眼中，我是一个从来没有后悔过的人吧。

4月5日，是一个残忍的日子。那一日的春光甚是明媚，你住在八人一间的病房里，同室几乎是清一色的老阿姨。除了虚弱的病容，你看上去很快乐。

你对病友说，这是我的小女儿，言语中有专属于母亲的那没来由却很顽固的自豪。

你是一个不喜欢皮肤接触的人，小时候，每当我抱你亲你时，你总是躲开，说痒。后来转院到同济，住在走廊的加床上，医生来查房，我抱着紧张的你，将脸紧紧地贴在你的脸上，你没有挣扎。医生说，你看你有这样孝顺的女儿，一定要好好养病。你听话地点点头，像幼儿园的孩子面对老师。

如果我说你一生的黄金时代是在生命的最后半年，不知你是否会同意。作为6个孩子的母亲，作为强势而粗糙男人的妻子，作为经历了中国近代70年风云变幻的女人，你的一生鲜有那样长的一段悠闲、自我、被尊重、做主角的日子。

手术后体力尚未恢复，你便踏上了回北方的旅程。

你一生都在妥协、都在胆怯，这一次，你终于说，我要回去。与你眷恋北方一样眷恋南方的老爸，毫不犹豫地答应了。你开始兴高采烈地计划今后的生活：早晨与大姐去公园，中午与老姊妹在楼下聊天，为外公庆祝90岁寿诞，做北方饭菜，吃馍蘸黄酱。即将归乡的快乐点燃着你病后的枯容，在此之前，我竟然不知道你是付出了多少的耐心与忍耐，才背井离乡，年复一年地生活在这个冬凉夏暖，有着漫长梅雨季节的南方城市里。

如果我说我是一个不称职的女儿，你只会笑吧。

夏天时回小城看你，你已经去不了公园了。大多时候，你在床上昏睡，醒来也只是躺在沙发上看一会儿电视，或者坐在床上与我和姐姐聊天。最后一个夏天，你竟然与我们讲了许多闺蜜之间才有的私房话。

在身体最虚弱的时候,一生小心翼翼做配角的你,精神却变得前所未有的饱满。你不需要再去照顾所有人,从衣食到情绪,你不需要再顾忌所有人,从喜好到言行。你终于做回了自己。倘若不是盛宴将散,那其实是一段最好的时光。我知道你会同意,从太阳落山后你那了无遗憾的面容,我看到了答案。

只是作为我们,却终生心存愧疚。

最后一面,你躺在医院。在故乡的小城,你不必再被拥塞在八人大病房或走廊的加床。偶尔会有相熟的医生走进来问你疼不疼,更多的时候,你是一个人,沉默在梦乡中。我拿着行李,走进去时你醒着。我说我要回武汉了,早晨的车。你说去吧。然后,我握了你干瘦坚硬的手,你平静地看着我。幸运的是,我知道,你却不知道,这,是我们最后的一面。

病房靠走廊的一端有一扇小窗,挂着一幅月白色的棉布帘。我在小窗前站定,轻轻地撩开窗帘。你躺在床上,正把食指伸进鼻孔,挖两下,拿在眼前看看。消瘦使你的眼睛变得又大又亮,盯着挖鼻孔的手指看时,里面满是纯真与童稚。发现我在看你,你不好意思地放下手,微微一笑。

独处的时光使你恍若孩童。

当火车奔驰在河西古道，初秋的草原开始泛黄，想着你最后的童颜，忽然觉得有太多太多的话，未及与你说。

你走的那天，节气是白露。

从此，你成了我最重要的一部分。

作为你在这个世界的延续与代言，我努力让自己活得像某个春季。避免为一个强势的男人所左右，避免成为生活的配角，我想将你最后的时光膨胀为自己的后半生，安静而从容地度过，恍若置身于无人的童年旷野。

我在一天天地过着你所期待的生活，常常觉得好好生活是自己所面临的最大责任与义务。

小时候,我是你最沉重的责任;如今,你是我最美好的责任。

许多的事情，我想对你说抱歉，然而，抱歉终究意味着妨碍与疏远。我所能做的最好的事情是，带着你平平安安地走完自己。

最深的理解总是出现在来不及的时候，这是命运送给我们最残酷的玩笑。

夏天到了,该吃西瓜

不知道是不是因为人到了一定的年龄,就容易把回忆过去当作对于时光匆匆的撒娇,我总觉得以前的西瓜与现在的西瓜不一样。

小时候生活在西北,总听我妈讲,南方雨水多,西瓜不甜,于是非常好奇被雨水泡大的西瓜是怎样一个不甜法儿,是不是就像一块糖泡在了一杯水里?

后来到了南方,发现其实西瓜也是甜的,只是与西北到底还是不同。

在西北,夏天吃西瓜是很豪气的,没听说谁买西瓜是一个一个地买,都是一麻袋一麻袋地买。西瓜成熟的季节,瓜农开着自己家的拖拉机，挨个居民区售卖。以前是几分钱一斤，现在也不过几毛钱一斤，一般人家通常会挑上七八十个西瓜，过秤交钱，告诉瓜农门牌号码，等你到家，瓜也到家了。西瓜往门口一倒，家里的小孩雀跃而来，争先恐后地将绿皮大西瓜滚进床底下。这户人家在夏天便显得殷实起来，无论何时，想吃西瓜的时候都有。

等西瓜吃到只剩一两个时，又会有一麻袋西瓜"滚"进来，上一波剩的瓜就会被单独放在墙角，"先吃这个"，长辈叮咛。

城市不大，夏天的中午，无论学生还是上班族，都会回家睡个午觉。午睡时，正是一天中太阳最烈的时候，小区里比夜晚更寂静。午睡后家家户户例行的活动都是吃西瓜，尚存的几分困意，几口冰爽清甜的西瓜入口，就被赶走了。我妈总觉得从冰箱里拿出来的西瓜不甜，喜欢接一大盆凉水，把西瓜浸在水里，瓜皮浸了水像水洗过的花布，格外明丽动人。吃的时候，每个人分四分之一，如果西瓜不大，甚至一人一半。只有家里来客人的时候，端上去的西瓜才会被切成一牙一牙的。我有些怕去别人家吃西瓜，那一牙西瓜啃到最后，难免露出被瓜皮洗脸的狼狈相。这个情况，只有在东哥家不同。

东哥是个白净的男生，比我年长一岁，她母亲上海人，会贴心地把西瓜切成薄片，拿给我们，干干净净地吃完。在爱慕东哥的那段时间里，我总是忍不住想要与他成为一个人，因为这样，就可以去享受他母亲那十分高级、来自于"大上海"的体贴了。

　　有一次，放暑假的时候，我与同学关起门来聊天。父亲上班之前例行地吃西瓜，不知是西瓜太甘甜还是他抢时间，吃出呼噜呼噜的巨响，同学年少，说你爸吃西瓜的声音好像一头猪，我尴尬得无地自容。似乎每个人的生命中都会有一个年龄段，特别不懂或者不愿意去尊重父母，无论是自己的还是别人的。

　　因为去别人家坐客，西瓜皮啃得太干净，我曾经遭到母亲的数落，她嫌弃我露出家里吃不起西瓜的穷相。后来的一次，我又因为剩得太多，被邻居家的女主人教育，瓜农伯伯种瓜不容易。因此有一段时间，我特别在意研究有外人在场的时候，西瓜吃到什么程度最合适。每逢家里来客人，我去倒瓜皮的时候，都会反复观察每个人啃剩的瓜皮，最终得出结论，在瓜白上，均匀地剩一层半厘米左右的红瓤，瓜皮显得既好看又干净。这个伟大的发现让我产生了某种自恋，成年以后，当众吃西瓜的时候，一定会暗自观察旁人吃剩下的西瓜皮。它们或有些地方留红，有些地方泛白，露出主人饕餮之态；或留下一厘米以上的瓜瓤，怨妇似的诉说着"这个西瓜不甜"，只有我吃剩的瓜皮最为优雅，厚薄合适，体形均匀。我暗自得意，觉得那块落在我手里的西瓜真是西瓜界的幸运儿。

大学的时候，我的好朋友与理工男谈恋爱。理工男已经读博士，自己住着一个单间。夏日的一天，我去理工男宿舍找我的好朋友，看到桌上有他们刚刚吃过的西瓜。有几块瓜皮被牙齿细细地啃成了骨头一般的白色，每一颗牙齿留下的竖条纹清晰可辨，整整齐齐，像手风琴一样。女友见我盯着那瓜皮，哈哈一笑，说老刘啃的，他说瓜瓤实热，瓜白清火，吃西瓜一定要吃点瓜白。这一幕印象太深，以至于他们分手的时候，我竟然哭了。那时的我还没有真正爱过谁，觉得一个人能在另外一个人面前把西瓜皮啃成那样，双方一定有着最为深厚而诚挚的爱。

一个人的时候，我偷偷尝试过像理工男那样啃西瓜，发现真正好的西瓜，即使接近瓜白的地方，虽然甜度下降，却依然有饱满的水分与清冽的瓜香。

如今，我的孩子都不怎么喜欢吃西瓜，他们更喜欢味道复杂的食物，嫌弃西瓜的甜得单纯。偶尔吃一次，也一定要我把西瓜切成小块，盛在玻璃碗里，在冰箱里冰两个小时以上，拿小叉子叉着吃。啃西瓜这件事于他们而言是既麻烦又无乐趣的。每每我从水果摊拎回一个西瓜，也不过是意兴阑珊地想，夏天到了，该吃西瓜了。

你若夸我，便是晴天

中国有一个很奇怪的词："誉妻癖"，仿佛太太赞美丈夫是应该的，而一旦丈夫在公开场合夸赞太太，就成了一种毛病。即使你不是一个女权或女性主义者，也很难逃避这样一个问题。这个问题正如奥斯卡最佳女主角蒂·戴维斯所说的那样，当男人表达自己的观点时，他是一个男人，而当女人表达自己的观点时，她是一个婊子。

如果我有一个女儿，她认为自己只是想要平静的生活，一个爱她的男人，由此便觉得争取女性拥有更多平等的权利与她无关，我会负责任地告诉她，嫁给一个男权主义者，无论他曾经多么爱你，痛苦都像脸上的老年斑与眼角的皱纹，早晚总会到来。

　　爱情始于荷尔蒙，最不靠谱的也是荷尔蒙。当"很爱很爱你"的时刻如同江南的花事，绚烂谢幕，维系爱情的是彼此的理解，唯有理解方能深爱。而一个骨子里的男权主义者是不屑于理解女人的，在他们眼里，女人除了大姨妈时的坏脾气，就是实用的生育机器以及浅薄的购物狂，女人的所思所想在他们眼里都是既无趣又无理，既短视又混乱，即使曾经深爱的女人，热情过后，他们也不再有兴趣了解，既无了解，何谈理解？

　　女孩在恋爱时，总会纠结一个问题，他到底爱不爱我。没人可以说清爱这件事，它无形无味，时有时无，然而爱情并不会因为爱的难以描述而变得没有标准。他是不是爱你，或者他是不是值得你去爱，最靠谱的一个标准是，他是不是一个"誉妻癖"。他欣赏你吗，他时常看到你的好处并且自然而然地将它说给别人听吗，除却对于外貌的赞美，他是否还对你的为人处世、事业学习等方面加以褒扬？

　　从不誉妻的男人需要一个女人、依赖一个女人，却不会长久地爱一个女人。在他们看来，女人值得娶，因为此举涉及自己的传宗接代、社会身份，却不值得爱。随着年龄的增长，女人黑白分明的眼珠成了死鱼眼睛，当她们皮囊衰老便与保姆无二。

　　民国之前的中国男人基本上不必讨论，那是女权的蒙昧混沌时期。誉妻癖男人，今有"黑人"、汪涵,民国时则首推马幼渔、钱钟书。

　　在周作人眼里，国学大师马幼渔是不折不扣的"誉妻癖"。任职北大时，他给学生上课，话题时常不知不觉聊到自己的太太陈德馨身上。言辞之间，颇多赞誉之意，以至下课后，依然有女学生意犹未尽地要求马先生再讲讲内人的故事。

　　马幼渔誉妻成癖，是藏在古董男人中的新潮女权主义者。他的女儿马珏回忆，当年她考入北京大学预科，父亲坚持要她读政治系，安排妹妹马琰读法律系。马幼渔希望马珏成为女公使，带着丈夫赴任，打破由男人做公使，偕夫人赴任的传统。而他为二女马琰所安排的法律系，理由则是学好法律，就算将来离婚，你也可以保护自己的权益。

　　这样的男人，谁嫁给他都会幸福吧，因为他不认为女人头发长见识短，是没有灵魂的花瓶，他们是真正可以跟女人做朋友的男人。而相较于男女恩爱，男女朋友才具备更多基于灵魂意义上的平等交流。

　　民国誉妻癖第二名为钱钟书先生。钱钟书与杨绛，两位老先生的婚姻，即使放置今日，也可称爱情楷模。无论衣食无忧的欢喜日子，还是风雨满楼的困难时光，他们一家就像结合紧密的单元素金属，除了死亡，谁都无法将他们分离。

杨绛是钱钟书眼里"最贤的妻，最才的女"，"我娶了你几十年，从未后悔娶你，也未想过娶别的女人"，这样大方而公然的"誉妻"，让女人觉得自己被尊重、被理解。宠爱短命，理解万岁，难怪杨绛称钱钟书对她的认可与鼓励，是爱情的基础，让她甘为"灶下婢"。

杨绛当然是一个值得爱的女人。她容貌端庄、才华横溢，上得厅堂，下得厨房，然而，婚姻中的两个人，无论好也罢，坏也罢，皆是互相成就，互相影响。倘若没有钱钟书对她深刻的理解与认同，她未必能够忍得这个老顽童——他趁女儿熟睡，在她脸上涂墨，待她醒来照镜自顾吓得哇哇大哭；他今天弄脏台布明天弄坏台灯，在家务事上百无一用是书生；他饮食挑剔，有公子作风，想吃虾的时候就要吃到。

假如婚姻幸福的逻辑是有一个杨绛般的好太太，其实论美丽、才华与贤惠，综合评分，郁达夫的前妻王映霞并不输于杨绛，而郁达夫亦可算才华男，相似的匹配，却是一段狗血的婚姻。两人当初的爱情也是轰轰烈烈，郁达夫与钱钟书都是情书高手，雪片般的情书淹了半座闺房。爱是一样的浓烈，甚至郁达夫或者更甚。两个男人最为本质区别却在于，在钱钟书眼里，太太不仅仅是女人，也是朋友，而在郁达夫眼里，太太仅仅是女人与私产。

"你须想想当你结婚年余之后，就不得不日日做家庭的主妇，或拖了小孩,袒胸露乳等情形……你情愿做家庭的奴隶吗？还是情愿做一个自由的女王？"情书中再华丽的词藻也不能掩饰男权的本色。如果女人即使在家庭中，也不可以自由自在地暴露自己丑的一面，她们便从没有被当作一个独立的人，而是被当作花瓶对待。这样的男人，当他终于得到这个女人，是断然不会关心她的喜怒哀乐，他关心的只是她是不是年轻漂亮，是不是乖巧宜人，是否在自己的掌控之中。

仅仅10年之后，自由女王就成了郁达夫眼里的荡妇。因为捕风捉影的绯闻，他将手里的笔化作刀，忘记自己苦追美人时的甜言蜜语，登报辱骂她，让她在全天下人面前出丑。

当你面对一个男权主义者，除非有林凤娇那样把家庭这座牢狱坐穿的勇气，否则既难得到他的满意，也难得到自己的幸福。

尽管每个人对于幸福的理解不同，大多数人对于感情的要求却是相似的。作为人类的高级需求,情感需求的关键词是理解与尊重,唯彼此理解与尊重,方有长情可言,否则必定差评满天飞。两人都憋着一口气,你瞧不上我,我也瞧不上你,爱你真是瞎了眼。

人类与动物最大的区别是,我们的幸福并不是建立在吃饱喝足基础上的,而是被认可。无论孩童还是成年人,被认可程度越高,幸福感也越高。一个男权主义者,整天对太太吹毛求疵,只要旁人说太太好,他就要恶狠狠地踏上两脚,生怕太太翘尾巴,只有他的荣耀是家庭大事,太太的荣耀是家门不幸,母鸡司晨,成何体统?

在他对太太的自信的无情碾压过程中,再温柔端庄的大家闺秀也难免不变成泼妇,睚眦必报,你打我一拳,我定要踹你一脚。

男权主义者不可能真正认可女性,除非你永远臣服在他的脚下。他们可能是公司的才华员工,父母眼里的孝子,朋友口中的义气青年,商场的无敌战舰,却唯独做不了好丈夫。且不谈马幼渔的敢为天下女人先,也不谈钱钟书与杨绛的真心实意做朋友,单单说到一个最敏感且最普遍的难题:外遇,男权主义者的论调永远是我虽然有了别的女人,但依然拿钱养家、管孩子、没甩你，已算仁至义尽，你再不满足就是自寻烦恼。

因为将自己与女人分为两个等级，两个物种，男人失去了起码的同理心，你的痛苦只会被嘲笑而不会被同情，仿佛女人天生就带着宽容丈夫出轨的基因，只有男人才有资格要求配偶专一。

与这样的男人生活在一起，就像守着一枚炸弹，他的底线与你的底线是两回事，所以你不知道他什么时候会变成混蛋。

只需要看看他对于女性这个群体的态度，就大致可以知道你们未来情感生活的水准。当你疑惑他究竟是不是合适的伴侣，判断的标准就是这么简单，你若夸我，便是晴天。有"誉妻癖"的男人是女人最好的朋友与玩伴，女人真心计较的并不是在婚姻中过多地付出，而是这样的付出，换来的是一句赤胆忠心的"你真棒"，还是一句狼心狗肺的"女人还能怎么样"。